TIANXING SHIKU
天星诗库

天星诗库·新世纪实力诗人代表作

枝叶·繁花

余怒 著

余怒诗选（2005—2020）

山西出版传媒集团 北岳文艺出版社
BEIYUE LITERATURE & ART PUBLISHING HOUSE

· 太原 ·

图书在版编目（CIP）数据

枝叶·繁花：余怒诗选：2005—2020 / 余怒著. —太原：北岳
文艺出版社，2022.5

ISBN 978-7-5378-6507-4

Ⅰ. ①枝… Ⅱ. ①余… Ⅲ. ①诗集－中国－当代 Ⅳ. ①I227

中国版本图书馆CIP数据核字（2021）第276462号

枝叶·繁花

余怒诗选：2005—2020

余怒 / 著

出品人
郭文礼

选题策划
刘文飞

责任编辑
曹雨一

书籍设计
张永文

印装监制
郭勇

出版发行：山西出版传媒集团·北岳文艺出版社
地址：山西省太原市并州南路57号　邮编：030012
电话：0351-5628696（发行部）　0351-5628688（总编室）
传真：0351-5628680
经销商：新华书店
印刷装订：山西新华印业有限公司

开本：787mm×1092mm 1/32
字数：168千字
印张：6.5
版次：2022年5月第1版
印次：2022年5月山西第1次印刷
书号：ISBN 978-7-5378-6507-4
定价：45.00元

目 录

｜枝叶

1

花园有雨意
树木那么高

临窗而睡
身子碰花蕊

2

鼻子嗅头发
桃花和梨花

身子不适
约束这些花

3

紫罗兰吞食海棠
花园有些乱了

你在那儿散步
一点儿不惊慌

4

在檐下站立

在雨中屈体

我是糊涂虫
乐于被迷惑

5

走得太慢
看不清她的相貌

倘若在早晨
她只是一个器官

6

她有声音
垂下许多枝条

秘密在这里
石头上生露水

7

槐花飞
合上眼皮

姑娘丰满

多层次幽静

8

游一会儿泳
仿佛从二月到三月

在石子路上
让肺享受花瓣

9

在树上
荡秋千

槐花苹果花
都是一刹那

10

天气闷热
抱着苹果做梦

苹果凉凉的
没有尖锐处

11

若非必要
她从不早起

用木头架子
把花架起来

12

九月十二日
是中秋 *

那个婴儿
要我抱她

*九月十二日（农历中秋）是吴橘的生日。

13

到了春末
形体恢复

她颤颤站起来
宛如豌豆秧

14

柔软物体
在水中游

那是她对
凉爽的要求

15

花园里
花繁多

我不说别的
花静静的

16

三十九岁
他言语不多

喜欢简单
递给他花

17

花开了数朵

还在继续开

就那么憋着劲
开到夜里去

18

野菊花、雀舌花、紫掌花
不管什么花

皆为我爱，不在乎
大花朵小花朵

19

一本新书
情节复杂

花压着花
腿压着腿

20

枝子压下来
身子迎上去

菊花不合时宜

我厌倦了生活

21

春分之日
我将脖子探出窗外
疏枝繁花
簇拥着这么个没头没脑

22

花下鬼
瘦而高

满足于此时
去那里哭泣

23

她在有林子的山上
喊了一声

鼹鼠在早晨
跟着光线乱走

24

明亮的
继续明亮

河水汹涌
我们疲倦

25

说了很多
花和花

是可能的
我是秋风

26

秋风
小鸟

小的
心脏

27

早上七点钟

夜里三点钟

昙花开过了
我爱上了圆圆 *

*吴橘本名吴圆圆。

28

七点钟到八点钟
我们做爱

开始时虫鸣嗡嗡
后来便听不到了

29

茎啊
露水啊

来到户外
我明白了花

30

茎啊
露水啊

流年啊
你奈我何

31

枝枝叶叶
为了什么
桑葚红了
摇晃树干

32

星星很小
不见五指

林花谢了
好好休息

33

青已经翠了
那种青

我们不要吵
不看山

34

山静得空了
还要空

空下去
直到山顶

35

我在家乡的山上散步
看到山顶上一块大石头

四野合拢
有点儿不顾一切

36

乡村自有满足感
高大的树木，白玉兰花

在香气里
完全被孤立

37

沿着溪流

往山里走

伤感莫过于狐狸
走在我的前面

38

我走在前面
你跟在后面

菊花开在九月
别着急

39

做乡下人
不慌不忙

穿过杂树丛
感官顺从树枝

40

河边杨柳
临风不乱

女人的直觉

和弯弯的柳树枝

41

在开阔处
听松果落地

白鹭选择
晴空展翅

42

那日偶与圆圆
谈及慧能

山楂树自行其是
落叶子于你我鞋边

43

手呵手
忽前忽后

葵花金黄
使劲摇晃

44

日日消瘦
骨朵小

水仙花开
只言片语而已

45

抚摸
不太具体

牵牛花和
扁豆的幸福

46

似花非花
似藤萝非藤萝

你在早晨说的话
无人明白其意思

47

冬天的树林

叶子落光了

我也孤身
听其自然

48

雪地上野兔
算不上奇迹

麻雀鼹鼠
低飞低语

49

挑选一块地方
想一想事情

雪天雪地
不要邻居

50

大雪纷飞
众人皆醉

听罪犯回忆

亦是美事

51

冰冻三尺
下面游鱼

你明白了
就上岸来

52

生病那天
另一个人也生病

多好啊，一块生病
不问菊花

53

东边几棵枯树
南边一个水塘

三心二意
踩着梨花

54

瞧她一脸
懒懒的

石榴树上
的青石榴

55

三棵槐树
两棵柳树

忽而悲伤
忽而潺潺流水

56

在石头桥上
忘了流水

暮色降临
将我排除在外

57

鲍冲湖 *

青山，野果子

听见水声
恍惚你我

*鲍冲湖，位于安庆市北郊杨桥镇境内，距市区二十公里。

58

听见水声
恍惚你我

枫树松树
可以做证

59

戴着草帽
低头看水

贴着水面
燕子轻些

60

摸着黑
回答她

听到水鸟叫
知道在水边

61

原野像妇女
遍地金盏花

在流水边我
心中充满流水

62

沉思状的山谷
和哗哗流水

秋天的历史感
和猜不透的月亮

63

坐在榆树上
什么都不想

树木稀疏
比人还少

64

早上爬树
爬到枣树梢

那里阳光好
帮我理头绪

65

发呆的时候
夏日炎炎

树木直直
不理会我所想

66

灌木丛
又湿又热

树林里
绿叶子阔大

67

山上大树

河边大石头

万物幽静
放了你我

68

树林里
落叶纷纷

纷纷啊
还我幽静

69

野花
野鸭子

仿佛
你和我

70

野花
野鸭子

在那儿

互相印证

71

沉湎于
此情此景

野花和野草
云里雾里

72

那些事物
不可捉摸

你是花
你更是圆圆

73

发生的事情
总是很突然

树木葱茏
绕着走

74

早上寂寞
随便走走

现在呢
绕回来

75

鸟飞来飞去
有些异样

我笨得
像鸟头

76

红的花
白的鸟

从头到脚
彻底安静

77

鸟儿怎么

消磨时间

我们也
怎么

78

惊诧
一人高

在身体里
捉到的鳗鱼

79

没有一丝风
可以用来皱眉

光着身子
为花浇水

80

雨声渐大
可以藏身

雨中昆虫

随心所欲

81

清晨花香
我们未醒

是刺蓟花
自身孤单

82

清晨鸟语
木门不隔音

我呢？我有
几个身子？

83

在栗子树上
坐直身子

高声朗读
让她听见

84

时间提前了
尽早告诉她

八月早晨
菊花身子

85

做一回荷花
再做一回菊花

天蒙蒙亮
脱身回来

86

静悄悄被懒洋洋围着
毛茸茸的水獭

很多影子从你身边跑过去
回来时身子已不是身子

87

将喜悦具体化

树枝绕着树枝

婴儿敏感
动动脚趾

88

沿着山坡
往下滑

轻言慢语
裹着毛毯

89

她爱吃零食
话梅和咖啡冻

爱打瞌睡
雨中荷花

90

我的眼中
只有圆圆

荷花清凉

一切不复存在

91

在雾中等人
直到雾散

不见了雾
也不见人

92

冬日有雾
雾似饿虎

鸟兽和花
为她分忧

93

没有力气
穿透玻璃

今日大雾
她想法单一

94

雏菊由着她想象
她抓着它

提着衣服
摸它骨头

95

在苹果园
苹果尚小

含着睡意
还有汁水

96

苹果花像
孩子耳朵

她予飞累
的鸟儿以补充

97

独自一人

醉了酒

两只松鼠
故作耳语

98

枝叶间有人低语
与松鼠合二为一

细雨很细
近乎茫然

99

藏一朵花
不时嗅嗅

不时喘息
像在爬山

100

藏一只鸟
于房子中

房子要深

要宽敞

101

在那个空间
我没被发现

手指是手指
繁花是繁花

102

总而言之
空无一人

我也藏着
请帮我回忆

103

在水塘边
伫立环顾

心情好
换一只脚

104

丰满的、温热的、湿润的
金黄、翠绿、粉红

心情好
还不止这些

105

早晨
洗过澡

浸泡菊花
三两朵

106

用香水
浸泡茉莉

我们用花
制造冲动

107

感情冲动起来

视角不一样

在雨中迷路
不去触碰浆果

108

那甜甜的
小幺妹

极平常极简单
萝卜映山红

109

断垣残壁
一片狼藉

我休假归来
欲抓明月

110

她的肩膀上
有一处抓痕

青草青草

我抱着她

111

你愿意
嫁给我吗

两种可能
或花或鸟

112

蝴蝶蜜蜂
在桥边，比高低

闭目之我
处于何种时空

113

青的蓝的绿的
在彩色中我感到孤独

早晨的矮牵牛
与风没有接触

114

枯叶蝶
在雨中

翅膀嘴唇
一张一合

115

等待清醒
在花枝下

不等风起
我说开始

116

风起了
凉了些

一只坐着的狗
旁边一层落叶

117

有风拂过

还是悲伤

一天里
晚些时候

118

拍一下鱼头
鱼就沉下去一点

我也会变得
这么无忧无虑

119

对着镜子
解衣服

桐花凋谢
无处分身

120

孤独的人
坐在家中

看月亮

一身短衣服

121

天空被磨得光滑
只有明月

我们去那儿
没什么可看

122

月光好
目送她

看流星
身不由己

123

快乐起来
不是一句话

三十里以外的晴空
四十岁以后的面容

124

说来说去
就那么几句话

杨树林，三五人
享受清风，谈论圆圆

125

眺望窗外
不必多想

灰尾鸟随风
引诱我去

126

夜里所有器官
聚向四肢

蔷薇晃动而我
相对清醒

127

高高的树

窗户对着湖水

宛如我的语言
对着你的躯体

128

矮石屋子
窗户开得高

三月里孩子小
新绿植物多

129

绝望时
搭积木

房子小
一间套一间

130

木屋子
窗户透明

风大起来

露出杨柳

131

房子朝南，周围
树木和杂草

离群索居时
我耳濡目染野山雀

132

你来这儿
同我唱歌

高高屋顶
大雨过后

133

雄鸟处于冥想中而
雌鸟在翩飞

不知山谷之名
听听鸟鸣也行

134

眼睛看到的
耳朵听到的

石头从空中
划过的片刻

135

连鸟带笼子
一起飞

明月夜我
连人带衣服

136

清明节
在余湾*

圆圆是溪流
桃花是山

*余湾，位于安庆市北郊宜秀区杨桥镇境内，为作者的家乡。

137

在余湾
容易迷失

山显得高
旁边圆圆

138

嬉子山 *
石头乱

绕指头
看繁花

*嬉子山，大龙山在余湾一带因毗邻嬉子湖，被吴橘称作嬉子山。

139

水边石磨
风吹凉它

我爱圆圆
河水见底

140

水边石头
来自别处

风吹一遍
更显空寂

141

水边幼鹿
凝视我们

春风也有
良好嗅觉

142

为她拍照，确定不了
她的位置

她身后有一条小溪，左边
还有一条小溪，右边还有一条小溪

143

她双脚弓着

在两块大卵石之间

小溪自个蜿蜒
我叫了声圆圆

144

竹林外面
应该有人

我喊一声
试试空气

145

红顶黑嘴鸥
端坐在水面上

它往水中轻轻
放下它的爪子

146

身在船尾处
抓拍不了她

雾蒙蒙而雨茫茫

朝四面八方伸展

147

树枝摇晃时
出神看她

我心乱如麻
却谓之斑斓

148

曼陀罗哀伤
跌跌撞撞

向西走二十公里
像她失踪了一样

149

你明白我的意思吗
你明白我的意思吗

海棠旁边
是喇叭花

150

今晚有某种
特殊性

星空与我
几乎垂直

151

上帝始终
笼罩着我

谁叫我
是肉身呢

152

牵牛星
孤独的

你根据它
校正钟表

153

反拨时钟

你停一停

过隙白驹
蝌蚪尾巴

154

睁开眼睛
我是蝌蚪

万物并非
因我而生

155

跟孩子玩
猫鼠游戏

什么将我
推入万物之中

156

写写诗，伸伸腰，叹叹气
她只要五平方米

雨燕在塔里

虚构小小自我

157

水仙开得慢
无不安之感

这小姑娘
是真实的

158

画抽象派画
写莫名其妙的诗

这小姑娘
是虚幻的

159

傻姑娘的
小心眼儿

栀子花的
过度表现

160

水塘，栗树
鸭子和鸭子

世界宁静
你我分明

161

她用吸管
喝冰镇可乐

世界宁静
如咖啡因

162

夜观天象
言及你我

世界宁静
如仙人球

163

此时此刻

身体停顿

世界宁静
如软黄金

164

对这个世界
你有什么看法

沙丘里的鼹鼠
这便是存在啊

165

知道吗？世界
已与去年不同

春花如暮色
鸟鸣若干声

166

整日无所事事
也不是事

夜里一并脱了

鸟儿蝉儿躯壳

167

做几天采茶工
做几天挑山工

看山但不看云
看流水但沉默

168

整日无所事事
的一对情侣啊

你们不知道
云来云又去了

169

坐在台阶上
吃豆子

手小，豆子多
我们是世上的佛

170

世上事
由不得我

躺在山坡上
将圆圆当枕头

171

想你时
或卧或匍匐

睡的地方
非常柔软

172

来到田野上
知道我错了

短命的花啊
有红的，有蓝的，有黄的

173

那花叫

什么花

傻丫头
木槿花

174

她二十五岁
她还怕痒

纸飞机有
鸟的形式

175

一个人
在薄暮中

万有引力
作用于我

176

第一次坐飞机的感觉
奇怪又美好

天空广而无边

仿佛食人白鲸

177

蓝色野花
需要伪装

榕树有根蔓
纠缠大自然

178

大自然的风格
布谷鸟的野性

布谷鸟会不会
妨碍我们谈话

179

那正是
我的欢喜

三三两两
飞到这里

180

过去也好
未来也好

总之对花啊鸟啊
报以微风的态度

181

除了写诗，还有
其他工作要做

闲下来，我们
找一头犀牛来骑

182

我们写诗，然后合作
生个女儿

喜悦的
柳叶眉

183

九月里她

有了身孕

漫游起来
她更具体

184

十二点了
她还不愿上床

须提前在傍晚
服一颗糊涂药丸

185

燕麦抽穗
乱了方寸

月下梦
都是浅睡眠

186

在树下吃早餐
早上真美好

绿叶衬着的

一串长角豆

187

早上起来
懵里懵张

张望的池鹭足下
鱼自石缝间游过

188

披在肩上
格子浴巾

瞧她被风
吹成了什么样子

189

石塘湖*
的波涛

南边微风
都往这边吹

* 石塘湖，位于安庆市北郊宜秀区杨桥镇境内。

190

在石塘湖
洗个澡

想想时间
的重要性

191

紧紧抱住自己
不为欲望所惑

甲虫转来转去
我们不是甲虫

192

真的用不着
自寻烦恼

梧桐青翠
待我小睡片刻

193

蟹爪兰

属两性花

含苞待放
巧克力热量

194

没法子，我只想
过我希望的生活

昙花若不开呀
我就不说话呗

195

雨声虫鸣
话语脚步

一股脑儿
都是天籁

196

说话太快
像通了电流似的

用一用那

本来用来唱歌的肺部

197

喝了酒回家
想翻阅地图

雨后候鸟
星星坐标

198

窗前瞥见
流星之时

我正屈身趴在两张
木椅子间学游泳

199

激动起来
对着墙壁唱歌

一朵什么白云
一团什么泥巴

200

是雪泥
鸿爪吗

对着桃树
祝福桃花吧

201

浮云不明白
不听我们的

天很蓝仿佛
经过多次处理

202

不开心时
盘腿读书

树枝往下滴水
静谧有形有声

203

念完了诗

喝芒果汁

今天她没戴
草编帽子

204

今天她没戴
帽子手套

与枫叶露水
有过接触

205

知道今天
是什么日子吗？哦

我居然在秃树林
看到很多红柿子

206

今天空气好
写一首诗致鸟儿

鸟儿无以名状

由着她去说

207

闪电野兔子
飞吧跑吧

在枯草小径上
脚趾滑了一下

208

喝醉了，将湿鞋子
提在手上

唱完了歌
搭个顺风车

209

满天繁星
乐于闪烁

我不比圆圆
比木星金星如何

210

微小的事物
不为我感知

趴在窗口
默数酸枣子

211

木桩上不见了
的那棵酸枣树

想起某日我们
一前一后骑在枝干上

212

树上动物
安静居多

长吁短叹
发自小猕猴

213

小楼前面

是一幢更高的楼

出门时我注意到
一颗从未见过的星辰

214

静止的夜空
像一幅素描

夜空加上我们
哎呀这么多梦

215

你和我
本来一体

整个枝梢上
只有花瓣香

216

吊兰之绿
过于奢侈

剪去枝丫

仍觉不够

217

飞蓬草漂着
水面上傍晚

鳗鱼挺直了
一圈圈涟漪

218

老了我们就
走走看看

摘几片蘑菇
想想梦中事

219

山顶上我是
宇宙一部分

二分之一或
与众鸟一致

220

有时候地球
就是不转动

她躺在摇椅上
借摇晃以自怜

221

静电和雷电
有什么分别

自成一体啊
地球不转动

222

地球不转动
应有其缘由

我只知道爱
圆圆之所在

2005 年 11 月，完成 1—139 节

2013 年 4 月，完成 140—222 节

2018 年 3 月，修改定稿

| 繁花

一

1. 像尖的一样

尖的使人纯洁（枯树枝打脸或在
山顶想起某件事）像尖的一样与
这个世界隔绝。

2. 唯物的

尖的如果同时是流动的（比如浪尖）在
起伏间让我们知晓物之为物背后的逻辑。

3. 之所以

之所以是流动的是因为我们的接触。
沙堆里翻滚的瘦身运动那种。

4. 那么尖而不顾一切

塔尖那么尖。尖的程度正好。
我也想造一座建筑极尽堆砌炫耀不顾一切。

5. 都属于你

如同在不顾一切的野外（有一个度但你
不管它）全身在宁静中。中午的天柱山 *
带着无止息的向上之力而那力也是你的。

* 天柱山，位于安徽省潜山市境内。

6. 有一个度

飞的度。更加远。鸵鸟的弹射力。
这么说我们都是病人。没有身为
鸟类的缺憾只有身为人类的欢喜。

7. 理智与激情

有些鸟会提前腐烂南方炎热又
潮湿长时间飞不起来。生物钟
有些乱。有些妻子具有烧焦的
孔雀本性或只把它当作微不足道的小毛病。

8. 昆虫结构

南方湿热使男孩早熟。身心两方面
的欢喜：沙浴和蒸气浴。告诉我在
不转动脖颈的前提下如何转动头部仿若昆虫结构。

9. 纯净结构

男孩们唱歌时女孩们也跟着
唱还有更多的小嘴巴不出声
相和。女孩的数量超过男孩这是歌
的某种纯净结构决定的也不反自然。

10. 用什么吸引我

用它的花木吸引我因此我对
自然抱有更信任的态度这是
典型的病人心理在花木丛中
漫游夏日芬芳更是恋人心理。

11. 芬芳记

夏日花店芬芳是凉的。不是
一朵两朵的问题。痉挛感如一根长长软管朝
花朵上洒水里面流速相当急。

12. 含义不明

把婴儿往上抛的他的痉挛。
我不知道很多动作的含义。

13. 相见时

往远处扩散的感觉。就像引申义。
清晨给身子冲凉一遍尚未干透出门迎面
撞上一个陌生人脚下趔趄身上水珠往外溅他不躲闪。

14. 垒

昨天还有度今天无度。我说雨中
好冲凉。多么美好的欲望值多么。
不能做到纯客观了。一天天垒啊。

15. 很多积木

很多积木相垒很多人都这么往
复杂处想。叠床架屋一般。
这是危险的一天。到了夜里才解除。

16. 乔装的

夜里是很单纯的：是动物性的。
黑暗的本质是宁静（有爪）其中我们
听到一些乔装的幽灵孩童尖声叫我们"爸爸妈妈"。

17. 借来的

说到"本质"我又要否定。孩子

的身体是从父亲那儿借来的。
"名义上我仍是爸爸。我是
湖破了之后的堰塞湖。"

18. 更甚

我把两个孩子抱住让他们
的头抵在一起闭上眼。我对他们
说："等我这阵晕眩过去。"尽管我
知道他们也有晕眩或许比我更甚。

19. 声音造成的

声音造成的晕眩感最强因为肉体在听觉方面是脆弱的。
车子拐弯打滑猛打方向雨中刹车声。

20. 可分割的

肉体性就是母性或是母性的最小单位。
忽视和仇恨分别是两个孩子。

21. 至今

我忽视过也仇恨过并且还在重复中。
在每一件事情上我都这么饶恕自己。

22. 直至

针叶林中有枯树。自然中的我
不再对自己提要求。这样那样都不好。
从小山顶下来蜿蜒直至静默湖边。

23. 汇合了

山顶和湖。仿佛内外情景相对。
加之汇合了远近的尖的和安静中的
我和你。

24. 由内向外

和正在一切中的。
我们对它们说话并且
不急不慢和不停地。

25. 也是低语

口香糖夹裹的低语。倘若
不讲形式连镂空的胸前吊坠
也是这样的低语。

26. 也可理解为

低语中已剔除了来自胸部的针状痛苦这也可

理解为更多的树从枯干的松针那儿获得献祭。

27. 与

有时我把它们当作杂念。
我知道痛苦的纯净与喜悦的纯净是一样的只不过
一个啄食一个被啄食如大鸟与小鸟。

28. 重新设计

对抗各自母性而生的痛苦让我们
为过去的事情重新设计一种情境。

29. 光

设计一种闪电的情境那种乍现即存即逝的光。
楼梯拐角的光有着鲨齿的边缘。

30. 于妄言中

有人说他有从树冠向上召唤闪电
的能力这固然可笑但这也可能是内疚式
的自省（或愚昧的补偿式的）。

31. 集聚所有

感到它在。哑巴可用眼睛。盲人

可用手脚。健全者集聚其所有而
所有的意愿都可借它以作补偿。

32. 那正是

冰封湖面下的游鱼。
游动（慢于平日）那正是
盲人或哑巴的自我。

33. 流动庇护所

游动中的。
首尾间的关系。静止于两端又
以此约束时时放纵
的浪与浪、一束与一束。

34. 二重性

这是庇护所吗？
喜悦。奥秘。根茎。无知。
还有下面的更下面的。依气息
而存的生命（雨雪般的二重性）。

35. 整体而言的生命

知道循环然后加入那循环。
星体是头。天空是身子。而身子是下体。

36. 论欢喜

有论者论欢喜
怎么也说不清。这不是身体上的事啊它是
吹拂过冰封湖面的那么多
的风依次吹拂你。

37. 玉如意

这多次吹拂使我的力也变多。
变绵密变狂乱乃至胜过
世上所有妻子与丈夫的交合。

38. 具生命

交合或曰觉醒。音乐厅外面
有人敲金属。随他的性而敲
的金属具生命。

39. 如夏日凉饮

凉凉的。
金属之凉、沙粒之凉、刚摘的梨子之凉。
如默诵之歌在口。

40. 如胎儿触觉

还刚刚是
一团流动的蛋白质。向它吹送口之味娱、
耳之声娱、肢体之情娱同时也
纳入与此相反的排斥。

41. 如子宫教育

往小肢体里吹送气息让它活。让它
发育成为人。因其小
它成了你自我的自我。

42. 自我中的自我

狂风中的微风。我说：有的。
雨前和雨后都有。而雨如同
立在中间的柱子。

43. 山楂小而红

知道自我具足了。
雨前雨后我分别
去了两趟山楂树林。

44. 分身记

然后我分别去了
卧室客厅车站乡野——由身边而
渐远的多次分身不知疲倦。

45. 引纳记

每分一次身
身体就多出一个侧面。在山间潺潺溪水中的
平整大石头上磨多棱镜引纳日光月光。

46. 剩下的

不问日光和月光的来源我们跟着一艘
小轮船往下游走把剩下的事情排一排。

47. 磨损的

磨损的领口衬里衣裙边儿。
所有剩下的事情都是好的。像
所有做过的事情都是好的一样。

48. 结构学

所做和所求。看到的和用以想象的。
在静卧和奔跑中你仍无法琢磨一头

被拉长的狮子的结构它是猫科动物。

49. 安于

所做和所求均安于
我们的恐惧和欢喜。

50. 半酣

看到的和用以想象的
均安于我们的恐惧和欢喜。
喝到一半的酒让我们
沉醉欲语脏器停转一会儿那么它也是。

51. 胜任者

我们所求并不一致但能胜任
各种角色：老人胜任继父乳母和
贪玩的孩童及其玩具的角色只要够老。

52. "我"

这又是"我"。再一次
被确认的角色。当"我"成为象征成为
可走动的雕塑可睡于其间的静物画和画中鱼。

53. 来取

鱼的属性鸟的属性
所有这些均不可取。
我有普通人的梦想。

54. 致所有人

我写下诗句致所有人。
我惊奇于这些诗句它们是索引性的它们
的原始性继而我准备花点时间研究人类。

55. 原始性

研究一个流浪儿一个宅女一个
处事不惊的快递员如何做到各安其命的。
缘何他们无故称我为诗人或有他因？

56. 他因

我试图观察它：在这十一月。然后看到
十二月和元月的变化但不会断绝。它是
拼写错误或一个口误。轮子的一个轮毂。

57. 转

轮子有辐条宛如累了

的心脏装了支架它转
你跟着转。我在你中。

58. 你我

不是"因为所以"的关系也不是
日月的关系。是湖中央的山顶和
山顶上本来就有的天池在白垩纪。

59. 日月相继

太阳升起有人劳作直到月亮升起有人
收拾他的肢体。凡此维系的情形都值得铭记。

60. 极简和可感

他的肢体有一种简化的形式也就是仅有
头和单脚。因而它便有了物的可感性质。
确实有这样一个奇妙的存在。

61. 视如己出

这一天我存在着。
然后这一年然后很多年。日子被我
视如己出(感知上可作
如是想)我没感到单调乏味。

62. 恒常

以下都是一个意思：
"使之静止" "使之
获得解脱" "使之
实现"亦即最后"使日子保持原状"。

63. 一齐的静止

一个人关于静止有很多话说——
对着更多的世界它们一齐的静止。

64. 分别识

完全静止很难。它有四足。
我们在一个世界和另一个世界分别
称它作动物和植物。

65. 形体

你呀是永恒。
有不厌之口。
有涉水四足。

66. 不单是形体

你呀是智识。

山谷里风吹草
的痕迹。

67. 遗留的

我对所有的痕迹感兴趣——
正在落瓣的白玉兰。吸音石
的内部。你调试过
的琴弦你脱下的衣物。你。

68. 为了

敲吸音石：为了把声音送给它。
不是送走而是储存。像渐渐
变暗的灯正在储存光。

69. 呼和应

声音间互相储存。
风声雨声。两个人的呼吸喘息。
笑和尖叫。这些我们称之曰"和声"。

70. 这儿和那儿

我们称之曰"世界"的被他们称为"这儿"。
我们称之曰"心灵"的被他们称为"那儿"。
其实应该反过来才是。

71. 找你

反过来。如同在
月球上看地球。在你的身体里找你。
借此脱身回去。

72. 全息的

你的身体。全部的你。
展开来时又是全息的。

73. 看你

从平面图和立体图来看某物展开的情形就像是
早上晨光中看你和晚上灯光下看你。

74. 置于

在晨光中开着灯。
将有边际的晦暗之光置于无边之光中。
（起床的样子包含入睡的样子。）

75. 枝外之蔓

一系列样子。
像意外接着意外：枝外之蔓。
都是反视觉的。

76. 等待

这儿之外的那儿。我游历过
很多地方。我等待某一日它们
为我熟知——当它们成为"这"。

77. 示意

有很多外形可以用来描述。
一个眼神的示意。招手
的形象留在半空——这也是"这"。

78. 误入和逗留

在针叶林中和阔叶林中
有些形象是折中的。半绿半阴影。
每一分钟的误入和每一秒钟的逗留。

79. 顺从

按这世界的时间过日子。
顺从谁? 她或它。夏日或冬日假期
按海豚的时间去海面漂漂海边坐坐。

80. 朝这边

在窗前坐一会儿朝这边挪一挪。

忘掉窗外和更外面的以亲近我。

81. 功用

更外面的。像孤独。
去抓住它。它有四足。
终归不如我们二足之功用。

82. 开始恋爱

从足部开始的恋爱带着膝部以上肩部
以下的颤抖将我们置于何地上帝知道。
山巅云朵一层层如轻言慢语我们从山坡上滑下去。

83. 但愿

但愿我们沉默着不是苦行。
但愿自我也能获得轻言慢语如山巅云朵悠悠。

84. 之后和之前

获得言语之后的我们正在
变得衰败远不如
获得言语之前的。像
浇水过多的仙人掌。

85. 言语

这么说。应该这么说。
在两端之间调停。
我要变少。枯干的仙人掌。

86. 模样

枯干的仙人掌。
欢喜不可名状
但自有其模样。

87. 微风

因此欢喜才是最重要的。
享受风吹拂。必是微风。

88. 旅途中

像是对旅途悲伤的一份报酬。
有人在车窗外跑着。
微风有头尾和双翼。

89. 不必

飞驰的车上有人盼望下去他
害怕从未有过的速度有人

睡着了。"我到了。""我还未到。"
这样好。不必互相唤醒。

90. 颂

怎么样都好。
唤我作游鱼。

91. 无风日

无风日鱼儿的知觉并不敏锐。
粼粼波光来自池塘下的磁场。

92. 小磁场

我见过藏在各处的小磁场:
卧室。响着扩音器的候车室。
积雨洼地。滑雪场。多少细小的磁性物
环绕在我们周围形成这个小城镇和我们。

93. 无碍

肉眼凡胎却安静地
依靠他物运行。我们像
未经训练的年轻恋人。

94. 日常训练

清晨的训练是拉伸不同部位
的骨头傍晚再让它们——复位以
胸围为限但有时是完全情绪化
的一节节将它们咔嚓拉断形同怀旧。

95. 分类

莫名的情绪有指代物。
炼钢车间里炉火啪啪的、钢水滋滋的。
这些本就不该归纳为声音：尚未冷却。

96. 苍茫颂

傍晚时候群山纷纷朝远处奔腾涌去时它们也似是。
尚未冷却而我们的依依目送也似是。
我们的静。我们本身。

97. "这个"

欢送它们我们要
准备些什么除了我们自己？
这喜悦。这个"这个"。

98. 浅和深

在世界的野外我们
才会看到"这个"。
山间潭有浅有深。
也不是越深越好。

99. 换

产生换世界这样的念头在我们一次次被挫败时。
我们是无力的。换镜子。

100. 互换

在不同地方住一段时间。
于是今昔有了互换性。

101. 今昔论

今日与昔日之间的对立。
无力感是茉莉花裹在棉花里。

102. 最大的

不只是花。我们的空虚。
上面的天空是迄今最大的空虚——也是我们
所看到的实体意义上的。

103. 最小的

还有最小的。
最最小的。
被包含着。有回响。

104. 回响

石砌屋内部的回响
增加了听觉上的情趣。
像两个人站在靠在墙壁的
直达六层楼的梯子上说话。

105. 表意

将竹子制作成竹梯子我们
砍削但也可以将梯子弯一弯。
更耐用。多好看。

106. 万物颂

它们成了什么啦它们是怎么被改变的变扁
的物体变长的物体变得不成形状的物体被
弯来弯去在透视中碰撞聚散这是两层意思。

107. 颠倒或驯服

她们之所以被看到不都是透视的结果吗?
或被颠倒或被挤压成形:善于驯服天真
的职业女性和善于表达复杂情感的处女。

108. 她们

她们的胳膊、手、指尖。按次序伸过来。
浑身无数的写真集仅有形式的对称以至
没有人体意义除非走动起来反对那展览。

109. 她

这使我产生爱她们一次的愿望。因为
她就是她们(并不是我的发现)亦即
世界——关于它自身。或提前回来的那部分。

110. 你那儿

世界的溪流形式。
你那儿的自然。清晨
手和足相继也有了
洗把脸之后的清新感。

111. 问与答

每个清晨的
运动的寂静形式。有着问与答的亲切。
像仪式感十足的每日一次的生日祝福。

二

1. 论悲伤

悲伤既是尖的也是较尖的（较之于无动
于衷）。要看什么人拥有它或何时何地。

2. 尖而刺骨的

有的花香也有这种效果在下半夜（枯荷花在
凌晨）。在冰上制作冰窟窿。有人哭着分别。

3. 看和理解

而哭着分别的人应该去认识水鸟：一只孵完蛋后刚从水面
飞起来的。只看飞的动作不看飞的是什么身子但也去理解。

4. 犹如雪花

朝西南方向感知。朝东北方向
感知。此为四个方向此为纷飞。

5. 感到

朝各个方向转身。各走几步。停下。

第一次感到地球是友好的且是圆的。

6. 当所有方向旋转起来

"这是漩涡"——有女孩这么描写玫瑰花瓣。你
隔得远远的（窗外屋外）由外面开始依次去爱她。

7. 孔雀的外面

一只孔雀的外面：还是孔雀。孔雀关于孔雀正如
世界关于世界。让我们多一点空虚。还要湿润的。

8. 其间

让我们多一点空虚
好在其间飞来飞去。

9. 不是飞行物

像一连串念头。飞来飞去。不是飞行物。
不在时间中甚或没有"时间"这个概念。

10. 另一种时间

与此时同时。原音和配音。
口令和步子。滤光的墨镜。

11. 那时候

原音的纯正性在音乐厅刚暗下来的时候也在
刚亮起来的时候。她唱。在刚唱出来的时候。

12. 唱

她刚唱时那还不是歌。唱到一半还不是。
唱到末尾还不是。那不是歌但她反复唱。

13. 二和一

那一半是合二为一之后的一半。不是
原来的。如盘根叠枝的榕树林。

14. 枯竭

在枯树林中。（通过视觉所把握
的现实。）看枯叶脉络。如筋骨。

15. 自有

筋骨自有知觉。有手有
手指。不需要复杂肉体。

16. 在博物馆里

一个有手有手指的孩子站在不允许触摸
的博物馆里。在一头巨齿恐龙的骨架下。

17. 画

想想恐龙也很有趣。在房间墙上画各种
恐龙然后住进去。我只能接受三种恐龙。

18. 三种

飞的、走的、睡着的。
如是徘徊。

19. 别匆忙

如是再三。我想唤醒她。
在十二月下元月的结论。

20. 无限的

有好多东西是无限的。你并非我亲眼所见。
（说起来这还不是结论。）

21. 新房子

都是因为你啊。有十分单一的明亮。
露天的空虚尚未封顶。

22. 大房子和小房子

住在小房子里然后住一住大房子然后回到
小房子里拿点东西然后去大房子里用一用。

23. 节奏

小庭院环绕小房子的那种节奏。
几个好友坐在庭院一角谈男女之事。

24. 在一起

这些话都是平常不说的。都是因为现在。
我们在一起像碰杯。

25. 一个整体

获得"现在"这基础这覆盖物。也获得
中间的。上下及其影子。中间及其衔接。

26. 处于中间位置的

石柱和卯榫被当作衔接。那么多的世界

支撑着上下和四面八方（一同被赞美的纯净立体）。

27. 那么多的

那么多的你。像节日一样。在一件
低领罩衫里向日光波光展示你如何。

28. 我们如何

我们如何？强调一种比例（来自内心
的反观）。比黄金分割更好：向你们。

29. 这么描述

有时我把"我们"作为装饰作为演出结束后
的一个观众出口：我这样描述"我"的复杂性。

30. 呼应

单纯作为装饰也不错。袋鼠的
乳房。歌的歌词。同样是呼应。

31. 物理接触

单纯的物理接触。戴手套的两个人的两只手（含手指）。
匍匐植物和藤蔓植物。缓慢和匆匆。我说的是手势。

32. 匍匐植物

停下来以摆脱烦恼。如委顿于
我们体内的某种无意识的东西。

33. 藤蔓植物

看似静止实则在爬动
的样子如撕扯般轻微。

34. 哀痛

撕扯是摇晃一棵
高高的不见树冠的树。

35. 帮助

不能自主呼吸般的哀痛。某些物
可嗅闻。拿走吸氧罩帮助我呼吸。

36. 一边嗅

灌木小径上飞快躲避猎鹰的鼩鼠
的长鼻子。嗅草尖上的尘土味儿。

37. 鸣叫在耳

鸣禽身上的味道很重冬天空气凝固在一个地方很久驱散
很难一齐鸣叫时独自鸣叫很微弱而你很老也不当一回事儿。

38. 年老羞愧时

怯懦的小生物是我们年老羞愧时自我类型化
的一个理想。（在舞台上你居然还躲躲闪闪。）

39. 梧桐树

自我是天生的。是婴儿。
溪边有梧桐树。直而高。

40. 小身体

溪边有萤火虫。躲躲
闪闪护着小身体。

41. 保护欲

有时我们护着迷茫。穿很厚的衣服。
喝果汁、不理发、不洗身子就上床。

42. 迷茫时

迷茫时她抱紧宠物（最有可能是猫）不想无缘
无故马上结束争吵故意把宠物弄脏硬塞给他。

43. 看法

"一个人被弄脏了"在我看来不过是"一个人在
酒后做了一个春梦在船头醒来有些懊恼"。

44. 愈加

愈加安心不下。酒后穿过一道很长很长
的昏暗走廊放慢步子来催眠。愈加沉默。

45. 睡姿

双臂抱头枕于脑后。双腿交叉压住小腹。
这是有助于催眠的一种姿势。

46. 小个子

向上抛一只燕子和一只蜥蜴而后跳起来两只手
分头抓住它们这是腿部肌肉发达的小个子的表现力。

47. 例子

以哭声为例：不同地方的女人声调。嗯嗯与
呀呀。尤其是体现年轻女人的表现力的那种。

48. 刺青

年轻对于她是一种补偿如刺青。
把捣烂的树叶汁液涂在胸脯上。

49. 推

当她跑动起来时周围的物体在整体后退。
她觉得是它们的暗示作用在推着她向前。

50. 如下暗示

不要诅咒刚刚死去的人（可以诅咒很久以前死去的人）。
不要抚摸长者（可以抚摸年轻人）。不要直视太阳和闪电。

51. 以免

为喷泉制作一个玻璃罩以免围观
的人们抚摸它。因为水柱是属于愿望一样的东西。

52. 细密的和柔顺的

一块块凸状物。颗粒细密的。挂毯柔顺的。
双手握住水柱的感觉。或截断它。

53. 针扎感

手握一团碎玻璃的感觉。叼着
乳房抽泣扭动的婴儿。（掌心和乳头。）

54. 安慰

盒子里满满装着碎玻璃我把它
作为新年礼物送给你不要悲伤。

55. 小礼物

在书中摘抄一两句。在石头上敲下一小块。
我所知道的事情仅仅是——月光属于月亮。

56. 在阳光的山上

在阳光的山上石头大而白。
山峰山谷全是我们的载体。

57. 送

风也是载体。
送我们来。

58. 本身和化身

今天我们来了带着以后所有的
日子而来循环往复本身和化身。

59. 学

有化身的僧侣。看他如何变化。
在柳树下我们学他。

60. 花期

青春期的变化不涉及身体也蛮好。
豆科植物的花期很短我们妥协吧。

61. 花事

昙花和小麦花
花期最短。花是小型仪式。

62. "植物"

在我眼中"植物"仅仅指代"花"。
不分什么"根""茎""叶"。

63. 请别

指甲花的花瓣清凉。
请别这么对待感官。

64. 也别

也别太累。在门楣上挂
镜子。在镜子上划手指。

65. 论功能

不可测的痛悔和光辉。绵绵气息和
投影。意愿和根源。为镜子所综合。

66. 论意义

当我们说"白色"——那是综合后的白色。
说"蓝色"——那是情侣和仇恨的协调色。

67. 论情侣

猎手和猎物：卧伏和跃起。乐谱和乐队：宁愿
处于痴呆儿状态和在演奏中擅自加入许多手势。

68. 论音调

建筑物里的演奏。轻重朝向一侧（像"啊"
朝向"唉"）。坡面缓缓上升重物滑向坡下。

69. 也有

坡上坡下来回。我也有绝望啊。
枝条虬结的树下飞着缤纷之物。

70. 问

多少海棠花多少种绝望。
是多少萦回。

71. 自忖

身旁是花朵繁多之树。
我自忖已被晨星证明。

72. 不证自明的

也有不证自明的根系繁多之树。
你身心愉悦时别偏执。

73. 序列

正午的阔叶树小叶树在我们
身上都有投影。坐下便不问。

74. 温和的

阔叶子小叶子。初冬正午
的温和为我的表达作补充。

75. 莱特式的

天鹅绒大床和布艺沙发的温和特性允许他这样。
展开莱特式滑行两翼保持平静并学会最后崩溃。

76. 花色

崩溃的风格
是白色紫罗兰。

77. 冥想和沉默

色彩中的冥想部分保持着嘴唇般的克制以

大脑的白色。世界正是这么被安排的。

78. 这安排

这安排不仅仅出于形状的考虑：恒星和水滴。
雄蕊和雌蕊。蜂鸟和一颗小心脏还有快节奏。

79. 示意

在石英岩上雕刻心脏（意义由它
验证）。心跳被视觉化。也有了肢体。

80. 类似心跳

有边界吗？你把耳朵贴近一朵迎春花或一朵
豌豆花告诉我听到了什么。弱听觉也会领会。

81. 所有花

将我吸进去的这个清晨
的所有白兰花石榴花早稻花荷花啊。

82. 关系和力

已经不必考虑花朵之间的关系了。
某些力和这个清晨。紫蔷薇冻结在花架上。

83. 弹性

你含着的力。会在很短的
时间内恢复。反向的或自我忘却的。

84. 为了

你手上拿着什么东西在变长变短听你
的指令诸多可能性被演示一遍为了让我们清醒。

85. 已然清醒

无论怎样。可以这么说。果真如此。
这是当然。很明确。好吧。清醒得像晶体一样。

86. 明澈的

像晶体一样。安静是辽阔的——灵魂性的。
是一种极其善良的感受。

87. 需要求助

建筑师的回忆是重新感受一个坚硬的菱形和一个柔软
湿润的小三角形所形成的构图依然求助于某风景画家。

88. 透过窗户看风景

窗户对于起居室的意义犹如花瓣

对于花朵。给窗户安上彩色玻璃。

89. 我们和他们

岛的明暗层次在变化因为湖水在移动。我们和
岸上的观察者互致问候也互涂颜色在冬日阳光下。

90. 甚至

甚至产生把床抬到湖面上去的奇特想法。就浪漫
的程度而言鲢鱼之跃算不上多么摇晃和天旋地转。

91. 众喻体

自我陶醉不已。鲢鱼鲤鱼青鱼
是一些我们刚刚俘获的新感官。

92. 浮现

从鱼头到鱼尾慢慢的那种浮现
完全没必要限制在油布画面上。

93. 论欣赏

被克利反复强调的但以自我唤醒为前提的欣赏是躺在
摇篮中嗅花香（画面清晰）不需要比鼻子特别的感官。

94. 论怀念

根据凸透镜原理我被反射到远处一次根据
欧式几何我又被送回来这些画卷都是不为人知的。

95. 或称之为阅读

"第一次"是新娘的怨恨——我害怕那叫"开始"的。
在第二部分我才那么抚摸你。在锁骨中间那儿。

96. 置自己于

傍晚我站在一条街的拐角。置自己于那种
具拐角特征的光中。我感到孤单。有那么一会儿。

97. 盆栽花

有点孤单。但也没什么。
给枯萎的盆栽杜鹃浇水。

98. 漫山遍野图

原路返回时山上杜鹃突然成片成片地
晃动起来。雨来了他们开始齐声唱歌。

99. 病中记

房间的门开着。孩子们突然全体从

轮椅上站起身来。唱。吓我一跳。

100. 各种陪伴

折青蛙、螳螂和鹤。天亮之前
孩子们在床头召唤各种古怪精灵。

101. 纯粹得自然而然以致无言以对

止于天亮之前。
不带任何偏见。

102. 鲍冲湖的早晨

天色换了一遍——又蓝了。要我说
这些设计都是好的。不必非此即彼。

103. 湖上记（一）

所有仍在占有的。湖面上
的野鸭那么浮着：最小面积的占有。

104. 湖上记（二）

野鸭在湖面上跑动时一路带起的水花。
有旋律感的半飞状态的一排破碎波浪。

105. 拟动学

半飞状态是最好的状态对于早起活动筋骨
的人来说仿生拟动学着短尾鸟飞离白果树。

106. 拟声学

将各类细微触摸予以
拟声获得鸣鸟的功能。

107. 意图

我们的仿生不止于此：飞鸟鸣鸟。地面和
半空以至九霄云上的交尾（飞和鸣叫均是掩饰）。

108. 小宇宙

鸟儿具有迷幻性（鸟眼鸟翅）而我们
始终相信一个相对论的小宇宙。

109. 睹物

这些都是相对的。红叶和白果。
女性生涩和男性成熟对称而生。

110. 兼有

身上兼有野生林的迷茫和采摘园
的静穆。此时我是这样一对男女。

111. 花果如"一"

当花和果还是热乎乎的有机体时你去采摘它们便是
反自然的。

112. 都是源自内部的

关于"一"的某些原则。我们是一体的像
一秒钟对一分钟的生日祝福。每一声嘀嗒。

三

1. 债务

女孩的尖有着冬笋的性质急于
一时你尚处于欲望的种子阶段
尚在偿还长大之前的债务。

2. 某些话

炎热在寂静中的那种尖。
某些话过头了伤害了他。
某些弯曲倏然弯曲成角。

3. 显现的

画一个"角"的草图。
一只白鹭破空而来由此湛蓝的
天空显现的那个白色角像伤口。

4. 撕裂开

破空而来又悄无声息
的撕裂感来自于根向
土中扎去般的我向你扑去。

5. 等候中

一个男孩向另一个男孩
跑去扑空了摔倒了他静静趴在那儿不愿
一个人爬起来。等候伙伴的请求或命令。

6. 难以言状的

有好多请求
采取的是白日梦的形式。
白色小花序。

7. 目录

对于别人的心灵我讲不出什么。
对于我自己的——为身体建一个目录。
现在我需要这种形式。

8. 小突起

为欲望建一个目录。
树身上蘑菇状突起
自上而下。一排排。

9. 湿润的阿黛尔

排列的节奏感令人愉悦乐器激活我们那么多手

拨弄我们而"这湿润的阿黛尔融化了多少冰块"这也
意味着我们是可塑的我们依然是会鸣叫的装置。

10. 手

我是她们的手啊。
阿黛尔。毕肖普。
恋爱中的狄金森。

11. 相关的

这是物与物的恋爱。十二月与
元月。广玉兰与乌桕树。狂饮
白酒后你再去啜饮一小杯啤酒。

12. 从花到果

十二月到元月：是一个呼吸系统。
新旧空气更替。而自然王国里的
树木是一个寓言：从花到果净化。

13. 成为那样的

如同被驯兽师那样净化。
物理性的部分被洗干净。
成为温润的、表里如一的。

14. 迷药

成为一种迷药。
动情的、纯粹的。
即便没什么药效。

15. 远处的

恐惧就是那药而无端的恐惧又是
很有意思的事情当你用望远镜模拟
眼睛看到远处的某些东西的时候。

16. 里面的

用显微镜观察结构上的变化。
不知它里面是什么当你忽然
收到一个不明地址的小包裹。

17. 时光反转

仿佛儿时回忆反转当你在街头遇见从前
的伙伴他是胶片被扔在暗房让你通过显影
的方式或用一小段背景音乐帮助它重现。

18. 有结果吗

通过问答的方式

去领会这个世界。
设计问题和答案。

19. 都交出

把所有问与答都交给一个
流浪歌手以为歌词。让他唱着带走。
我不能同时拥有这么多。

20. 清新样儿

肯定你现在所拥有。
是全新的事物。那清新样儿
像刚被冲上岸来的小鹅卵石。

21. 微弱的

酒后兴奋一般的清新。
（绝缘体的弱导电性。）
被灌醉的身体的诚实的反应。

22. 鱼跃和极限运动

我们为何还要这身体这个为我们
的快乐设定的极限？
在向上的鱼跃和向下的翼装滑翔中。

23. 自然颂

为鱼准备的湖。
为水鸟准备的湿地。
都是为醒来的我准备的你。

24. 保留和保证

保留醒来的经验在黎明前把铃兰花粉
吹入他的耳朵。回到这个被唯物论所
控制的世界时保证宁静在行动中永在。

25. 重要性

黎明时分的世界观对于
接下来的一天很重要。决定
少男少女的概括能力和老人的行动能力。

26. 蓄势

做一个有攻击能力的傻子迎着
孩子们的子弹向前冲。抓住他们举起
之后恐吓一番而不真的撕碎他们。

27. 有一种鸟

有一种鸟爱把自己的蛋下在

流动的水中。这做法在我们
看来很傻。现在它已经灭绝。

28. 有一种酒

有一种酒属于自然发酵当稻子烂在
稻田里相当于一个诗人的生理反应没有被他
意识到当他熬过一个冬天后才察觉。

29. 偏爱之色

我是个诗人偏爱单一的事物：
乌桕树的红叶和白果。红色
是唯心的。白色不是封闭的。

30. 年轻妈妈乐队

我想组织一个年轻妈妈乐队形成
母狮阵容（以它为标志）。震动舌头发出
"呜呜呜"的声音逗孩子或为假寐的他们伴奏。

31. 接受美学

神经质的妈妈乐队带着演出的热忱传播
原始宗教（基于裸体和表现某种渴望）让我们
容易接受在一曲终了之前就变得十分温顺。

32. 伸展开的

裸体的爆发力如一朵干花被滴入
一颗水珠。引起一系列细微连锁反应而以花瓣
猛烈地伸展开的一刹那最为迷人。

33. 陈述

裸体只是裸体。花只是花。
它们是两个不相干的事实——
把一把卧室里的椅子放到草坪上。

34. 星图

躺在草坪上不再有任何愿望。
恒星带着足够的行星在星系间移动。
在渺茫不可见的宁静自我中。

35. 曲线图

星光对着我——女人这么想。
（有时她也低头去看雨中藤蔓的曲线变化。）
你想念谁就去嗅谁这都是能够做到的。

36. 艺术品

"所有的我""上万种变化""所有被

过去抽象的"——都是能够被证实的。
有一种"包裹大地"的艺术。

37. 无所不在的

我需要被设计。
锥形瓶那么美。
每一种动物都很匀称。

38. 多渺小

躺在一个生病的孩子睡过
的床上我想到自己至今仍然是一个一无是处
的肉体多么渺小。关上窗户不让飞蛾飞进来。

39. 多元的

因而我是多元的。四肢在身体
靠外的那几块地方（有时闲在那儿）。
觉睡不成时我将自己环绕起来。

40. 但也留有余地

让出一小块地方。
去喝很淡的啤酒。
在芍药园里游移不定。

41. 雏菊

冬日荒芜
的种植园。有更多的可能。
我们的自由意志。快乐的心。

42. 为难和纷乱

冬春更迭之际你面对
那么多色彩好为难。手指在
花朵上敲出旋律好纷乱。

43. 晒

继续穿那件湿衣服不感到难受走到
阳光下伸直胳膊和手让它们被晒。看到
前面出现一棵栗树有阴影就绕过去。

44. 情景

看到两个短发女人沉默着坐在
一起她们的孩子在旁边各自玩耍在
一棵槭树下。已经有很多鸣蝉了。

45. 悲观教育

每到立冬都有一个盲老头带着他的

木偶剧团从南边来。把腐朽剧团里
的悲观情绪带给我们这些不肯长大的孩子。

46. 排除法

在冬景花园里我们可以用
排除法去爱那些依然绽放的花。
这是雪冻的好处。也比较浪漫。

47. 冷静的

很多人从冰冻的河面上走过去了。
我趴在窗口眺望着感到自己
是个冷静的近乎完美的人。

48. 相去甚远

很多人在雪地里跳舞但看上去都
闷闷不乐。她说："今天下午只有一只
鸟在飞。还在兜圈子。"雪停住了。

49. 写作者

在屋子里我又听到
树林那边鸟在叫了。
我想通过什么去获得什么呢?

50. 称谓

鸟儿是静态的
别看它在叫着。
有时我直接唤它作"野花"。

51. 并非你的律

产生形体灵魂名称
但不得有亲密行为。
名为野花的你——不受此约束。

52. 契约

有一个时刻表召唤来一列火车它们
之间不是相互约束的关系而是在相互描述。
除非伤心的人们都不理会不愿上车。

53. 长句子

睡觉前我们一起描述流星。
她说得太多。像一个长句子一样睡着了令人
着迷。是一个非常湿润非常懒的长句子。

54. 一起闪烁

从吸收光线的意义上来讲我也在闪烁。

带着某些部分一起闪烁。
几乎是"存在"在闪烁。

55. 多出的

抱起一个少年坐上高高的栏杆不让
他的脚碰到地面。他是栏杆多出的
部分他哭了。哭声是他多出的部分。

56. 大房子

每个人都把衣服口袋翻出来不得带
任何奇怪的东西进入房子因为这个
房子非常大而我们都还是懵懂少年。

57. 布置

墙上挂着被吃掉的动物的骨头（牛头和
金枪鱼骨）。这个房子布置得让人喘不过
气来同时还要保证进来的人不受其他灵魂的伤害。

58. 免于伤害

中午让
病人接触
水仙花吧。

59. 良久

下午我想考验我的悲伤。
在走廊上脱了鞋子单脚
站立良久。等人们过去。换一只脚。

60. 林荫道

让悲伤的人们排成单列沿着
林荫道跑。选择两旁是
挺拔的白杨树的。

61. 借来的

黎明前顺着月亮的方向跑（每天月亮
的方向都不一样）。骑一头借来的犀牛
——"是那姑娘变的"。她借给你一夜。

62. 湖心岛别墅

月光下有各种声音除了池鹭和松鼠（鸟舌和
松鼠爪子）。房间里优美音色的欢叫
是最自然不过的了。

63. 难以归类

不要用古典物理学去衡量她的

声音。高音低音。用格子围巾将
它们包裹起来。（雨中松鼠的脑袋。）

64. 祷告

好多古老的仪式都是关于她的比如
对着雨中梨花默念祷告：希望梨树
快点结出梨子不要结出其他怪果子。

65. 野外的表述

用她和动物的关系来表述我们
的处境。少女的心中
住着无数狐狸尚年幼不知跑动。

66. 三只脚的东西

我心中住着什么我一直没弄清楚。
它是三只脚的东西。
我写了许多诗我还是虚无的。

67. 诗和力学

结构工程师谈诗。诗人谈力学。
我觉得我们谈得都很好。而且谈的是同一种
东西不矛盾如喇叭花和牵牛花。

68. 解释的意义

把诗揉成一团丢进火中烧掉。
他们觉得绝望很神圣。
这个解释我懂。也说得过去。

69. 偏执或热爱

我带着一群芭蕾舞演员来到家中。
当我洗完澡出来身上还未干透我看到
她们互相对着湿淋淋的对方唱歌。

70. 蜂鸟

"用冰块收集热量。"她说。"这也是种子的
方式。"然后她趴在我身上跟我谈起美洲蜂鸟它的
振翅频率（居然达到每秒钟60次）。

71. 蜂鸟和盼望

蜂鸟缩小范围的飞翔像沉思。
她穿着又紧又湿的内衣扮演花神盼望有人
朝她的小身体右侧吹气。

72. 所在

我的身体所在之处正是"我"所在

之处。没错。一棵树一张桌子也是。
你可以捉一条鳗鱼放在我身上试试。

73. 论美学

人们忙于否定不知道顺着事物发展
的方向来考虑生命美学由此产生了某种视错觉。
在他们眼中鳗鱼的游动是楼梯状的。

74. 论可感物

楼梯作为"呼唤"的"绝对
理念"的投影而鳗鱼作为我之"所思"
的投影它们是同一类可感物。

75. 影像

比目鱼不能闭合的眼睛望着我在我吃下它
之后。我对着盥洗室的镜子说：今天我吃下
的是一双眼睛。（需要一张清晰的灰度图吗？）

76. 变蓝了

停留于潜水员梦中的。大海最初的。
那里一头鲨鱼被冲刷过而后变蓝了。
（你需要一个伪装性的总称吗？）

77. 小小人群

一个少男少女的小小人群漫过你又迅速
离开远去了。留下你在街边呆立。一座岛所
感受到的冲刷连同它留在石缝间的小蟹小虾。

78. 附身

捉一只小海蟹来咬她。
（为两种身体各取名字。）
把摘下的花挂到树枝上。

79. 赶走坏精灵

把万花筒拆开。被压缩的五颜
六色里的坏精灵被放出来。那一年你
十四岁一场大病霍然而愈谢谢那个妈妈。

80. 一起长大

坏精灵们与你一起长大了它们总是比你
更老但永远不会死一直在教你长大仿佛
它们是热空气你是一个热气球。

81. 丈量和容忍

两头鲸的标本。母鲸腹中有

一头小鲸通过骨架可辨认。它们是对
死的丈量。并且善于容忍。

82. 祭

当游动被冻结（从冰面上冻结
的波纹可辨认）它就成了这个
冬天的一件葬礼服。或白色饰物。

83. 悦事

有的游动被塑成喷泉
的形状（被竖起来）。房间里快乐
的你也会被以同样的礼遇对待。

84. 被给予的

坍塌的房子荒草中有一个房间尚
完整墙上有儿童涂鸦带着雨迹"我有
一个时间"是被给予的"我并不知情"。

85. 不可分的

有一个时间在某个地方。
此地即此刻而不可分。
它们不是地理意义上的。

86. 作为充填物

我珍藏过那种时间。
作为现在这种时间的充填物。
把一沓风景照片放在一块儿。

87. 马驹或你

时光有个安身处。
其身是马驹。或其身是你。
我们要求初始性。要求静如未出生。

88. 胎儿或初始性

头部形状先形成（你放音乐给它听）它发育出
心肺（你唱自己的歌给它听）它发育出
四肢（你让它唱）它发育出唇舌。

89. 此刻之外的所有时刻

处于胎儿状态
没有物理性痛苦。
如在仿真世界。

90. 此地之外的所有地方

仿真世界的纵深度。在风景中。

告诉那个摄影师我们要变多身。
把一次旅行分割成无数很小的周游。

91. 你自己来

把镜头拉近又拉远——这样同自己辩论。
赶走那个摄影师。你自己来。
找到结构原理描绘眼中所见。

92. 说

多维度说说你的感觉。
当你从宾馆的旋转玻璃门移步电梯
体察由旋转的瞬间卷入上升的瞬间。

93. 说的次序

让医生说然后让护士说。
最后让病人说。
这是反人类的医院。

94. 司魂者

角力场中的搏斗成了被观看的表演。
装扮的胜利者专司灵魂且是最高司魂者他们具有
让我们放弃肢体反抗的反人类力量。

95. 样子

我们坐在巨石交错相垒的山顶。
枯黄草木的冬日山顶
是灵魂闲着什么都不做的样子。

96. 风中物

在山顶上我们看到的那些
便是由风吸入又
吐出到山坡和山谷中的那些。

97. 被吸入的

被你吸入是重获容身之所的途径。
被叶果繁茂之树吸入的雷鸣电闪。
被静止吸入的运动。

98. 它们

予空以形体那是神力。
予运动以静止那是爱欲。
物的世界就依靠它们。

99. 予以角落

在候车室找到一个角落坐下来。

看到一个目光呆滞的人也在找。
你让出那个角落给他体味他的谢意。

100. 观众

在电影院找到一个角落坐下来。
现在算是个隐藏好身份的人了。
可以垂下眼皮关闭全部知觉一分钟。

101. 演员

电影放映机的光柱中许多形体欲挣扎而出却被
投放到银幕上变得扁平被涂上了一层人造的光它们
争先恐后地朝着虚拟的尽头跑。

102. 这里

仿佛世界只有这一个尽头——它是我们所在
的这个地方吗？从不可见的世界到
可见的世界——假设的某一极和某一极。

103. 医生建筑师

"这里"是"关于我"的。悬在半空中
的建筑用了许多混凝土和玻璃许多直角和
对角线。建筑师是一个内心羞涩的医生。

104. 格局

医院的建筑格局有些特别。
大跨度空间——简单如孕妇的情感。
长走廊之上由高耸的廊柱分块儿支撑。

105. 户外和郊外

冬日阳光下孕妇多了起来。走动在四处。
然后这屋子多出了一倍的户外。
像城市多出了郊外那一种辽阔。

106. 如幻

一种芬芳感。一种郊外感。
灿烂夺目的野蛮。数公里
漫山遍野的忐忑的金色感。

107. 围着飞着

石头上小溪
的自然流泻感。野花吐蕊时
围着飞着的昆虫和鸟。

108. 角色

抽象地观赏椴花和槐花不如

计算花期（服从物的时间序列）随之迁移。
与一个蜂农互换角色。

109. 诗

鲜红啊碧绿啊。
荆棘和野花的体系
像你我的作品。

110. 诗人住宅

暖色调的诗人住宅。
悬空着。采光好。
而且屋子有了屋顶。

111. 舍身

阳光这么好——其他亦然。
细微之物在空气中获得浮力和升力。
元月是一种回响。有人愿意舍身再出生一次。

四

1. 那孩子

不可知的东西都是尖的：早期的。
是一个孩子被压抑。我们为他制定了一些节日他
不接受。他要每天出去疯。在闪电中爬树。
把带树叶的枝条打个结。

2. 需求和疲倦

一对矛盾和一对凹凸。
男女需求的疲倦。困了就睡。
这些都可归纳为"尖的"。
（昏睡一次也挺好）。

3. 睡姿

早晨再来一遍的绝望。次数多了
就释然了。十一点钟继续睡。
枕头上被压着的耳朵状态。她偏爱
的躬身侧睡的含笑花状态。

4. 最初的

葵花和广玉兰开过了
树木间仍然杂乱无序。
这是本能的、最初的。
流泉中的鹅卵石状态。

5. 感到的

有时我感到我与园中植物更亲近一些。
向日葵植株和无花果树。外围是半人高的矮树篱。
雨前我嗅到它们的气息感到
它们在我的附近。

6. 答应

外面的和附近的。
声音清脆又嘈杂。
她绕到他的身后答应他。
戴着蓝围巾羞于没穿内衣。

7. 恋爱或探亲

她记得有一个月过得很慢。每天早上太阳升起比
前一天晚。以致下午与傍晚的界线变得模糊不可
思议。她不得不放弃骑马——马的时间也同样被
拉长。马的思维变得更为混乱。她只好游泳过去。

8. 忘我

时间吓坏了许多情侣。
用马的思维
来思考我们。
游泳时忘我不会溺水。

9. 老游客

这边树上有柿子那边树上有
乌桕果。到了下午忘了上午。
一条路走到悬崖又快乐地折返回来的是一个
忘了旅游地图的老游客。

10. 那些

把山谷和深潭标注到
地图上——还有那些野花。
那些野花呢
挨着在冬眠。

11. 让它留在那儿

我体内某一块（一小块儿）在冬眠。
它是一个息肉。每年这时候发作一次。
我觉得自己是正常的。不用去看
医生。它留在那儿也没什么要紧。

12. 冗余物

耽于共振：跑动和跳跃。
我身上所有的冗余物。
意志。痛苦。息肉。饰物。
在听音乐被什么附体之后。

13. 附体记

山间石径上什么东西跳到他身上——松鼠吗？
有微光——萤火虫吗？有重量感
——黑猩猩吗？很轻——豆娘吗？
依着山势——两侧的乔木林浓密。

14. 异己的

水族馆中的水母和寄居蟹。
公交车站和地铁中的上下班人流。
到哪儿我们都得忍受异己的东西。
没有一个除我们之外别无他物的空间。

15. 学着说话或做空间架构师

一个结构复杂
的复合句。你试着每天
陈述一点。（搭积木房子。）
对于空间我是痴呆儿它是迷宫。

16. 细雨中

有的停顿本身就很美：
细雨中她抱着一本书停在湿湿的
大理石台阶上扭头
跟他说话。

17. 街头记

一个女人抱着猫与人吵架（猫是纯黑短尾猫眼睛
咖啡色始终眯着）后者也是一个女人只不过
戴了一副半框眼镜（她的脸型很立体适合戴
眼镜）她始终望着街对面沉默不语。其次她很美。

18. 区别以待

编舞师编了一支舞让
胖女人们跳。编了另一支舞让
男孩们跳。他分得很清。像在给
不愿飞的鸽子和斗败的蟋蟀喂食。

19. 半导体或导体

让处于痛苦中
的人去跳舞是
解除痛苦的好
办法让它导电。

20. 储物室或友谊

给人以完全密封的感觉
的铁皮罐头（里面有变软
的雪梨）锈迹斑斑扔在储物室里是的我
认识的人很少也不想再去认识更多。

21. 嗜好

当我还是个被情欲折磨
的单身汉时我喜欢去房子后面
的桦树林中散步观察阴影和
白蚁巢穴还学会了拍照。

22. 变纯

凝视某个白色物体我想
了解它的明亮。凝视久了只要
观察方法无误白色就会变得
更单纯成为一种我们都喜爱的纯色。

23. 都喜爱

傍晚如果有人想在
曲颈瓶里插一束花就让她插吧。
而我想让它空着——以表现
曲颈本身和玻璃本身的样子。

24. 宁愿被误解

花朵向中心塌陷因为夏日空气
的作用（花蕊凝结成细小火苗状）这是一种
极其形而上的观点用不着
反驳：自然是冷静的。

25. 甚至不必知道为何愉悦

重复一遍。
树林向中心塌陷是因为风
的外力作用。
无风日我们愉悦。

26. 叠影

一个形象收缩然后绽放。
持续了好多天的愉悦。
这是每日里看到舞台布景上的大海然后
看到大海。

27. 不像大海永远蓝

喜欢脚底脚背全是沙子的感觉。沙漠中
的热沙子。脚使劲——脚趾头互相搓揉。
有许多单纯的想法我们未加保存。它们
流失了不像大海永远蓝。

28. 林中事

脚掌踩在腐殖土上。
刺蓟花开在我们的脚踝处。
后来回忆起来全是脚
想不起旁边的事物。

29. 树下事

下午坐在槐树下。
满树槐花使人昏昏欲睡。
随手在书页边画下
的铅笔画超过了书中表达。

30. 技法

把一个鸟窝放在桌上照着画由此
产生了各种坏念头。
捕鸟拔羽毛吃鸟。吃完大鸟吃
小鸟。你真是一群米罗。鸟蛋。

31. 远近和内外

宁静产生哀伤而幽静
则不然。（幽静彻底些。）
冬日渐深树木枯萎图书馆读者越来越少。
一些远近关系由此被置换为内外关系。

32. 我周围的

清晨黄昏：不同光照下的窗户。
体育馆的幕墙玻璃。教堂栅栏外的蔷薇。
我周围的东西构成一个包括我在内
的秩序。其中栗树椴树是绿的。

33. 摇晃

尖顶教堂的高度肃穆感
和沿街房子的上下浮动感。
走路唱歌回家我感到我
在语言中是拼图。

34. 不是浮雕

在街上走路或在湖边漫步先迈哪只
脚另一只脚如何跟上这也是知识我忘
了又不是浮雕那么死板出于怜悯或
治疗的需要请为老人重新设计欲望。

35. 冰颂

不知不觉成了老人。
我完全静止了。冬天我七十岁。
生命如此清澈像从
冰窟窿中采来的冰。

36. 被听到

冰上的敲击声从
冰窟窿往下同时
沿着冰面往岸边传递同时
被人们和水中动物们听到。

37. 并非玩耍

年轻人在走廊两端通过敲击栏杆（铁栏杆）
来交流。一下一下敲。我把他们看作
互相倾听的演奏者
两个先验的音乐家。

38. 忘形记

写了一会儿诗在房子
中央来回走动感到自我膨胀如：
蝉鸣时的针叶林（被扩张）音乐
响起时的歌剧院。

39. 唱和哼

被音乐扩张数倍的歌剧院一个
高音歌手赶不上一个低音歌手
的肺活量及轰鸣（有人用
意大利语唱《我的太阳》你却哼）。

40. 听和看

打一把音叉听它
低鸣。凝视一个
蓝色物体然后去看
朝南窗户。

41. 不量力

我们追求韵律似乎我们
是无所不能的拯救者对于无形
的声音也能够。对于那些
暂停的事物如灰烬也能够。

42. 回响

研究物体内部的回响。女孩
捡起一截无用的肢体（猜测它
来自芭比娃娃）她将它
放在自己身上横竖比试。

43. 节祭

在沐水节上一个穿着红衣服的
女人在快熄灭的火盆边躺下来让穿着
其他颜色衣服的女人拎着水具从她身上跳过去。
这些水具是：木桶、瓢勺、羊皮水囊。

44. 被论证

一丛冷水花向周围喷射花粉。
两个成年女性在花园里讨论这个世界。
仿佛世界被论证是她们
今天下午的职责。

45. 某个下午有意思的事情

上树摘桃子一群人排着队。
一个男人隔一个女人一个
男人隔一个女人地排列着。
不知是偶然还是有意安排。

46. 铃铛

把铃铛挂在门上不让
陌生男人进来。除非你
丧失了判断力如在高音区
听不到那响声。

47. 鸟兽和你

这种响声不是这个
世界上的你说为此你列举许多鸟它们
是天上的精灵列举许多四脚兽它们
是地上的精灵你也是。

48. 作者和播种者

灌木间的痴呆鸟儿
弄了一身花粉。在林中他是
妄想狂作者也想成为
播种者呢你别想啦没带纸笔。

49. 化身

把凶猛的鸟绑在胳膊上她以为
自己是某个化身因为物与物之间有
感应关系所以有时候她也会以
各种形象出现这倒是真的。

50. 女演员

挨了骂她赌气跑进演播大厅使演出中止（解除
一些片段的限定和侧影的约束力）她穿着睡衣披着
长发戴着大得吓人的一对赤红耳环。但总的
来说她还是够迷人。

51. 看天色

天色稍晚时有一些
风啊雨啊的小情调。
趁着她还有些温热
去抚慰她也还不迟。

52. 尽所能

她站在铁轨上让我往前推她。"看能不能
如磁悬浮？"（这句话值得警惕。）
有一列火车往相反方向去了。
我决心救救这姑娘尽我所能。

53. 赠句

走在铁轨上的姑娘有
病句之美。扭动着。像一个概念的轮廓。
这个冬天我写了不少这样
的病句送给离别者和自己。

54. 跟着洒水车

下了班跟在洒水车后面
慢慢走。我穿着一双旧皮鞋。
湿润的路面踏上去感觉好极了。
感到晕眩就停一会儿然后再跟上。

55. 沉溺于

初冬花园里还有昆虫
在鸣叫。仿佛小闹钟。
现在我变得爱听声音了（沉溺于
纯形式了）也变得比以前沉默。

56. 反复和连续性

不去想以前的事也不去想
以后的事。（远近镜头反复但
有连续性。）站着打会儿盹
或者拍打木窗台以解困。

57. 想象力

说到表意功能可以这么
想象她：一棵树
先结出苹果。
又开始结樱桃、荔枝。

58. 义务

把一件东西按照想象改造成另外
一件东西（到了老年你拥有一叠名为
"时间"的东西它们是材料你是
眼花手颤的钟表匠）这是义务但令人羞愧。

59. 在钟楼上

钟楼上一群人（唇和舌发出唇音
和舌音汇入喉管发音嗡嗡）周围
百鸟应声而鸣悬身于二者之间有
呼吸若游丝没人在乎钟声的单一。

60. 获得说辞

这些人藏着一半又互相绕着一半是
体操运动员的暗示（肩腰腿足顺势而动）在我们
的内心秘密获得恰当的说辞（比如
"反刍""反哺"）亦即获得装扮之时。

61. 获得定义

有观念。有对实物
的真切感受。有内外部
的协调。这便是反刍和
对某一类情感的允诺。

62. 必需的外部

并且拥有四周。
这是拥有夜晚的人之必需。
即使是穿着泳衣的她
的苗条身体浮游于一座岛所在的湖上。

63. 月亮旁边

越过怀抱中的她的头顶我
抬头看见一颗晨星冻结在
月亮旁边。在没有车辆来去的高速公路上方。
那是一颗穿着制服的心旁边的纽扣。

64. 韵律诗

十二月明朗的格调。
杂木无序使人安静。
在岛上的休憩场所。
她的肢体或者光影。

65. 离别诗

天亮前半小时整个房子里的光影带有
小插曲的特征并不是指喜悦哀伤和如今以往而是有
很多小几何体晃动在一种情绪里一首诗无法
阻挡这些密集的子弹。

66. 火边诗

在木头房子里让贪玩
的孩子去接触火苗他穿着不合身
的宽大衣服在火边容易被引燃这是你愿意
给出的警告和他日后乐于承受的回忆。

67. 月下诗

让人的天性回到原来
的地方冬天你去问候一只夜莺。
这已不是头一次。日复一日你
这么找寻她以月亮的转动为准。

68. 冬夜请求

冷空气在户外。月亮
的转动产生声波和次声波有时也
被我们听到。（之后它们转化为光。）
起了风。我希望有人来给我催眠。

69. 去屋顶上

这么冷的天去
屋顶上沉思你疯了吗冻僵了朝着
星空承认悲痛请世间万物原谅对
我这个生命作如何想。

70. 早上好

在挂满风景照的卧室里（那里和
这里被重新划分布置——你都去过但正在
遗忘中）你如何看待自己？伸个
懒腰之后。带着从卧室步入餐厅的温情。

71. 火车剧烈摇晃

去过的地方和一个火车站自成
一体——汇集了许多火车。
正在疾驰
的那列火车想甩掉我们。

72. 火车和诗

这是一列浪漫主义
的火车速度很快、汽笛很响就像从
句子中喷射出来的一串词语。
我这么为我的诗辩护。

73. 转述的

为酒后的羞愧辩护。
爱过的。失手打碎的。
抽象主义的。凝视式的。
由一双眼睛转述给嘴巴。

74. 凝视和直观

酒后在对花的直观中我们
知道绿色很浅而白色很深。
细纤维中有着更细的神经元。
关于花的事儿我睡前再跟你说。

75. 听歌

睡前听歌。起来时
还记得几句。头晕和关节痛
被治愈。她身上几何学最为
幽秘之处也有了感觉酸而麻。

76. 杏子和婴儿

爱幻想的种植园女主人望着
雨后杏树急于找一个形象来
替她表达（杏子吗？）——婴儿为有了
感觉苦于说不出纷纷啼哭相互干扰。

77. 总有那么一部分

我被干扰过多次。在一个画家
的画展上一个摄影师的镜头中一个
言语粗鲁的司机的车上一个女孩
的成人礼上她旁若无人戴着耳机听歌。

78. 扭动

在一个摄影师居住的地方有一张
旧沙发她在上面扭动按指示重复"扭动"这个
动作直至达到标准有一条毛毯（外面）显现出
几道粗细不一的波纹揿闪光灯她扭动表示我喜欢。

79. 一些表示喜欢的动作

在缤纷花束中抽出一枝纯白的那种
小心的抽。在女儿床前蹑足挪步那种
慢镜头似的挪。在夜间航班上半边脸紧贴舷窗那种
欲将一个地方全部吸入记忆般的贴。

80. 念头

乘夜间车老有东西闯入思绪。
雪中车子刹车我的第一反应是跳下来。
听心灵医生的建议最好哪儿也别去听他的。
夜间放下那么多念头好呀。

81. 有些错位

我现在变得爱吃水果尤其在
寂寞的夜里。从补充维生素 C 方面考虑这样做
很对（一个人开始关注并朝向客体）从认识论
意义上来说这又是一种病态依赖。

82. 疫苗

边吃水果边喝冰啤年轻人
的肠胃真好很冲的气味芥末一类
的刺激不过打一个喷嚏。她们
接种过恋爱疫苗不怕再次怀孕。

83. 恋爱学

自然是一种恋爱学：关于我们。
有距离的和无边际的。
山间寺庙、湖边别墅、我身边的你。
一株榛树伫立在榛树林外面刚结了榛果。

84. 边际学

一个无边的宇宙非我这个
大脑所能思考。如何论证
时空？自然是一种边际学只有让
热恋中的情侣去形容。

85. 我和候鸟

即将过去的这一年我之所思凝结成
灌木的浆果和乔木的蒴果：在雪中。
随候鸟群迁移的那一阵空寂
每至一地都让人一惊。

86. 被覆盖

往返穿梭。我知道或然律。
它"确认着"并且"显现着"我们。
天空中残留着飞机的白色尾迹。
看这。看那。继而为之覆盖。

87. 被设置

或然律是个黑匣子。
是预先被设置的沉睡。
触电那一刻大脑中的空白来自心脏与
头部的简单呼应伴随着某种纽带般的叫喊。

88. 拼图记

她在荚果的树下（有着很多关节
的昆虫在树枝上爬动）在想象中
拼着他。这是头这是左下肢。这儿。这儿
缺了一块。头上有角的昆虫名叫锹甲虫。

89. 锹甲虫之争和两性之和平

具有从属关系的爱
和恨分别产生抚慰
和争斗。这是水中石
的天然状态：圆润。

90. 少女和孕妇

一个少女和一个孕妇站在斑马线上争论。
她们争论些什么呢有的东西永远
不会回来了而有的东西正在到来。
所有的车子停下来等她们过去无人摁喇叭。

91. 男人和男孩

一个男人和一个男孩所
谈的问题永远是老问题。
男孩出一个谜语给更大
的男孩猜也可视为分享。

92. 男孩和猫

男孩将猫扔进燃烧的壁炉他说这是
第一个谜语。"猫的湿润度够吗？"
他等待猫发出叫声并准备好为它录音。
他这么将一个熟识钟爱之物予以抽象。

93. 迷路时

迷路时许多想法被抽象（酒精
的挥发性。单一功能）。感到
脸发烫、舌头甜。从街的这头到那头我
步履踉跄带着各类俱乐部的迷幻。

94. 孤立个体

知道我是一个哑巴一样的
孤立个体（把童年时期将任何事都当作
秘密的爱好保持到老）。在街上拽住一个
路过的人——巴望每个人都来反驳我。

95. 老妇人和猫

她老了。喜欢在公交车上侧耳
倾听旁边人谈话喜欢坐在玻璃窗前打瞌睡喜欢
在阳台上种菜。她叫她的猫"亲爱的小姑娘"她用
绳子成天拴着它。想起它时就拉扯一下它。

96. 温差

每在窗前坐一小时我
都要去窗外站一小时。
室内外温差使我欢欣。
我常常骑在窗台上想事情。

97. 林中记（一）

循着苹果的气味找苹果树。
没找着在树林里转悠有野柿树毛桃树各种
光线彼此交叉有光晕各种昆虫飞舞我用
短树枝拍打赤脚和裸腿。

98. 林中记（二）

在这里我站住。
眼前一切显得清楚细微。
类似的景物我见得多了。
而微风是可以被原谅的。

99. 林中记（三）

有理性而非缘于幻觉。
草丛和林木前后蜂拥。
昆虫在叶尖上产卵。我顺手将
耷拉的忍冬花茎重新绕到树身上。

100. 大雪

冬日有蜂拥感
在木质窗户外。
有秘密不可说
如婴儿身上花纹。

101. 再去看一次

秘密不可说但与你所处
的空间位置有很大关系。（你移动。
在房子里在屋顶。在火车上在站台。）
看过的景色你用透视法再去看一次。

102. 记录

十二月的最后一天。
在屋顶或站台上。抬头记下
那颗红矮星
在天空中的位置。

103. 未完成和重现

想起一些未完成的事仿佛
数蜜蜂：空中一只两只三只。
数不过来你可以选择某一只。
（我要一个蜂巢容纳更多的灵魂重现。）

104. 两难

现在我有点悲伤。有好几种
方式完成"我"却已经太迟。
我说："或许是。"
的确如此。却仍然如此。

105. 眼睛和光中物

享受可视可触的快乐但
要按我的意愿。明白我最
依赖什么？一是眼睛。
二是可辨识的光中物。

106. 哑巴女人

面膜上的笑容带着诡谲的润滑包裹
的眼珠那一种眼睛你会将它与别的
无生命之物联系起来直接回答用来
证明"我"（烦躁不安时）。一个哑巴女人。

107. 城市病人

一个病人在隔离期有看守的戒心耐心他搜集
这个城市里所有生病的动物尤其是长着清澈
眼睛的病猫头鹰（为它植入一棵人工树）圈
养于花园中颇具异教色彩以完善自我为掩饰。

108. 相对而言

望着冥王星我有不成形
的想法：不让别的星球
被破坏。相对夜空的清澈而言我非常
复杂。层次多。仍空虚。

109. 漫游心

为空虚而苦恼这是一个
层次。为之净化又是一个层次。
我要一本有插图的地理绘本。跟着
鸟类学家和昆虫学家去旅行。

110. 就是它

雪当然会停。夜晚是个
矛盾体。朋友们欢聚又散去。
早上醒来我猜测卧室地毯上的
湿脚印来自一个雪人。嗬就是它。

111. 稻草人和雪人

在收割后的田里扎一个稻草人。
在稻草人身旁堆一个雪人。
下雪天祝雪人生日快乐。
雪霁日祝稻草人生日快乐。

五

1. 喷涌和飞溅

尖的都是无声的。尤其在冬天。
由水凝结而成：喷涌前的飞溅。

2. 悲喜药

尖的也柔软可治愈情侣也可治愈孤寡老人。
无论伸展向外之喜悦还是收缩于自身之哀伤。
他们分析雪花晶体一个喜爱六角形一个喜爱三角形。

3. 隐喻剧

她在脸上表演（表情多变但保持
不眨眼不转眼珠）他在手指上表演（快如弹琴）。
一对情侣似的男女在舞台上演出一出名为《不要
不会思考的替身》的哑剧。

4. 关于"消失"的表演

他让她闭上眼睛直到听不到他的响声再
睁开。他却从舞台上消失了（这算是保留节目）她
找遍了舞台跑下舞台跑出剧场跑到大街上找遍了

大街小巷（你不必拘泥于这些细节）。

5. 综合指令

她蜷曲在电动按摩椅里制造出一种
战栗（所有可塑的感知的综合）。听见咔嚓
一声响。现在你可以抚摸了。她说。

6. 这么来

让手脚暖和一下再去抚摸她。
匿名女人没有参照系。
在小阁楼上（幽暗会包含别的
什么吗）抚摸一下是很好的。

7. 迷藏

在波浪中捉迷藏。藏不住的手脚耳朵相对于
光滑躯体来说是一些挺碍事的器官（茎上刺或
头上角）。章鱼因藏不住它的浮力被猎杀。

8. 来摸鱼

水中所发生的会折射到岸上。游泳
的人就是这样。不会水的便幸运多了。
我们赤条条的都来摸鱼。

9. 鱼跃记

无休止的上下鱼跃。它们
看起来不连贯。溅起许多水花。
这有点像很难处理的一类私人情感。

10. 疾病

在无休止的来去力量中
愿意获得凡事知晓原因和结果的资格。
在我老了时选择一种无痛的疾病陪伴我并
懂得将这种疾病与一般病人的疾病相区分。

11. 得以继续

请求得到更多的时间或继续得到但像
别的病人一样生活除了偶尔在
夜间被唤醒湿淋淋爬起来吃药。

12. 逃犯和新娘

像别人一样生活并非出自本性。
你把树枝一枝枝扔进新娘正在睡觉
的卧室而后在叫喊中离去带着
浪漫逃犯的窃喜。

13. 喊

我走过时一个小个子男人站在修剪过
的矮树篱间踮着脚朝树篱外面喊。
夜晚已经够乱了故而我没理会他。

14. 惊慌

在夜晚你获得一种非同一般
的视力戴了夜视镜从桥上起飞你
看到白天里很多自行消亡
的东西在水面上一沉一浮你惊慌。

15. 溪边树上的果实

结在溪边树上的果实炸开了。
纷纷落往树下。还在落。
现在已没东西让你惊慌。
很多果实沉在溪流水底如圆石。

16. 落果

树下落果最容易唤起人的感情。
以踩踏落果为乐紫色浆汁溅满鞋面但我还是愿意
祈求每棵树上绿多果实多。

17. 学问

具体到某一棵树的植物学是最没意思的学问。
（露在最外面的是它的说明部分。）
我情愿一整天坐在一棵细而高的树下不去想这棵树。

18. 为蜷曲制作的

坐在躺椅里把身子蜷曲起来缩进
躺椅里我明白了躺椅就是为蜷曲
制作的。（"蜷曲"的物质化：沙子属性）。
它是老帆布的多处有被身体擦破的痕迹。

19. 被围住的感觉

孩子喜欢躺椅因为体积小容易产生
被他物围住的感觉：手指被人吮吸。

20. 比试或课间操

孩子们在教室里把杯子
顶在头上不让杯子里的
水泼出来在课桌间绕着走看
谁走得快也可能是在做课间操。

21. 类似情景

一个女人跟着队列的舞蹈节奏前行。重物
顶在头上没有头重脚轻之感。与之相类似：
他弹跳着摸高在围墙边突破充满
重力的自身。向上的突破向下的。

22. 小插曲

让剧中人走出来与观众见面要尽量安排一个
合情合理的情节一个无关宏旨的小插曲不能
突破原先的剧情破坏乃至彻底否定这场演出。

23. 意图

找一些颤巍巍的走路都成问题的
老人来演出。这导演究竟想干什么？

24. 道具手套

一个演员伤感地跟我聊起他使用过的一个
道具（一双凸点橡胶手套）如今却丢失了。
"它摸过很多珍贵的东西呢。"凸点都磨平了。

25. 论表达

有的情感可用手表达（除了雕像那种

僵化的手势）其次可用手套表达（除了
那种很厚的让手指变得笨拙的宇航员手套）。
表达不充分的才用诗表达。

26. 宇航日志

虽然名为"在天空中"但那是
全麻状态的飘浮进食排泄困难没有
白天黑夜之分的铁板一块。
接近一颗恒星之后去接近一颗彗星。

27. 在铁桥上

观察流星我们在铁桥上唱起来。
听到铁的撞击声我说看见一块陨石砸向
水面她说是我们的牙齿在磕碰她是对的。

28. 制图

冬日清晨的我们。
灌木丛中的雏鸟。
正在产卵的鳕鱼。根据这些
绘制一幅"颤抖"的效果图。

29. 造房子

按照"颤抖"的效果图制造

一幢幢房子（高迪《米拉公寓》
那样的）给形形色色的恋人们去居住。

30. 被左右

我常常被颤抖左右。（不过颤抖总是
止于玻璃制品。玻璃片。玻璃平面。）
怕黑暗。不能靠自己解脱。非借助什么不可。

31. 观鸟记

鸟儿在雪地里。
我觉得鸟儿在感觉着周围。鸟喙
一下下探着雪下。长喙。应该是水鸟。

32. 相关性和反差

鸟儿的那么一点体积感在飞起时近乎无。
爬到半山腰喘口气我在想重力及其形成。

33. 欢乐和说话方式

欢乐。本能。嗯哼。容器里的水压。
带着喘气说话。有鼻音。声音好听。

34. 之前的

抓拍雨前那么一会儿的风中物。
我们害怕声音它把冥想付诸行动（由单音节
到多音节）再现孕妇之前的姑娘身。

35. 论再现

我们害怕现实吗？
用美好的语言再现一个小姑娘她的
打扮样式走路姿势以及脚上的铃铛。
现实没有这种内涵。

36. 这个傍晚

我很寂寞容易被现实中
的事物迷住它们直陈式的引导力量。
充满孩子气地去过单身汉生活。（反对意志在
傍晚时支配你）。烧一条鱼坐下来尝鲜。

37. 雪日

今日有雪：静静的
原始力量。坐下来听科恩。
雪下在哪儿是次要的。
只要允许听。允许我消失。

38. 当被疲倦占据

允许某个时刻的疲倦占据我。
（表达出来也就是分离出来。）
去坐一次长途列车。那种过时的慢车。

39. 去哪儿

把自己藏在列车里脱离地面感受飞。不顾忌
生命转移（冬天你去哪儿春天呢？）你仍是内向的。

40. 清醒之势能

藏着。如一种疫苗。受心跳拍打的心脏。
被麻醉过但还有模糊的意识（斜坡上物体不动但
还有往下的势能）在第二天清醒过来。

41. 眼看着

从"此时此刻"到"彼时彼刻"
的势能如同小姑娘爬上一株刺桐树由着身子去够
旁边的一株樱桃树眼看着要摔下。

42. 远距离和认同感

潜水五十米冒一下头。感到自身的奇妙。
"彼时彼刻"不是"此时此刻"却相融。

在观景露台上做远距离眺望产生认同感。

43. 轰鸣声

孩子们在水泥涵管里爬进爬出从
这一端进从那一端出。两个孩子分别在
两端喊。另一个躺在涵管里听。在喊声相融
的那一刻他也发出一声喊。轰鸣声令人吃惊。

44. 同时是读者

我尤其喜爱深夜在机器轰鸣
的值班间里一时醒不过来的
梦中的那种挣扎。那个"我"好像
一首诗中的"我"当我同时是读者。

45. 论手法

当一首描写阔叶林的诗和一首
描写耳朵的诗合为一首诗时我们才知道
如何描写"空寂"。外部特征：苹果。

46. 夜景图

夜里空寂的湖心岛
是现在唯一能显现出"轮廓"的东西。
其他的都平展如镜或起伏不定：勾画不出轮廓来。

47. 附加物

睁开眼睛看到的第一件东西是
这一天的轮廓。木窗户或玻璃花瓶。
（我只是作为"一天"的附加物而短时间存在。）

48. 爬或蜕

他爬出窗户。在衣服
撕破的口子中伸出头。伸出双臂伸出
双腿接着伸出全身。像蜕皮。

49. 脱和嗅

穿过草坪甫入房间。坐下回味青草气味。
在外套上（脱下外套）。在毛衣上（脱下
毛衣）。在内衣上（脱下内衣）。低头嗅裸体。

50. 裸身寂静之境

从灌木丛甫入树林（寂静奈何不了我。）
只有当刚发现的一栋田间木屋带我
进入裸身寂静之境时我才真正静下来。

51. 婴儿和母亲

一个刚学会走路的婴儿在地毯上练习走路我

在想：为什么"曾经是"就是"永远是"呢？
世界的意义是年轻女人赋予的：她们经常突然怀孕。

52. 胎教记

在腹部画太阳系。仙人掌和
忍冬花。画枝头小鸟和巢中孵蛋的母鸟。
这个妈妈就像局部一样安静（囿于
视觉误差和一些自相矛盾的个人口味）。

53. 两类

一类体验和另一类体验把你
的头脑和肢体塞得满满的。
野外的和虫鸣间的。卧室中的
和喁喁私语间的。那些局部。

54. 野外记（一）

一些人打扮成动物以寻求野外情趣而在
泉流汇聚于此的山坳间一只雀鹰从崖顶朝我
俯冲过来我都没有动心——往旁边挪让一步。

55. 野外记（二）

涉过溪流的脚在草叶上留下的脚印被
晒干了一半。稍远一些有一片田旋花。

阳光下的事物绝非隐喻。想想我说过什么。

56. 隐喻和松针

以前我是说话靠隐喻的诗人。
渐渐老了——我靠图像思维。
林中的五针松。松针的芳香纯净。

57. 相适应

当孤独成为一束可见光或芳香那样的
主题时我们会放弃反抗。（以诗反抗哲学。）
我愿意留在一个寂静很深的地方：
有着小窗户的房子或落叶林。

58. 小憩地

我们在灌木丛中坐着。头露在外面。
没有人经过这里。不远处
的密林掩映的山冈上有一幢
红色建筑有两排平行的电线。

59. 魔法街

给予我们夜里的观感以阐释（往往又
被自己的阐释惊着了）对于
楼下这条经常消失的魔法街。

酒后、冥想中、睡前我一共掠过它三次。

60. 开始于装扮

睡前不要思考。即兴弹奏一曲。
我没关心过自己的生活现在抛开一切装扮
成乞丐走出去接受这条街上所有店主的祝福。

61. 历数

这是人群。不是人群。观察道边树。
思索其叶其果。时光太漫长。多久了？
碰碰这棵树。碰碰那棵树。历数我的旧感觉。

62. 骑行记

一些人在路上除冰。我骑着老式脚踏车。
车子急转弯时我感觉到地面（更加弯曲、
压出线条、有所上升、十分立体）。

63. 脱身之飞（与飞鸟飞虫无关）

浮现于眼前的。用手去抓。
很多手。但只有一物。（它还会在空中连续拐弯。）
找不到相似的东西来描述这脱身之飞。

64. 雪中思绪

偶尔小疾与零星小雪相似。
闭耳塞听与天真烂漫相似。
我还有很多义务（在铁轨般简单
的未来框架内）渴望着无疾而终。

65. 欢叫和悲鸣

在月夜感受鸣虫（以作某种试探）。
走近。它们叫得愈欢。像是专门冲着我来的。
我站远些。一只只区分它们。（显出中年人的无趣。）

66. 夜总会

试探试探某些诱惑也好。
电经过变压。放心摸它。

67. 去碰它

用船头或船舷去碰它。
本原的、与虎鲸相当的、
具有冠船力量的自然力。

68. 话题

提着水桶的姑娘站在岸上与一个站在船头

的男子说话她裸露的右胳膊上有蜜蜂蜇过
的痕迹他们的话题包括：干草垛（被点燃）、瞭望塔
（被点燃）、早餐（吃什么）、地狱惩罚、四脚蛇和鱼。

69. 新房子

点燃旧房子激发想象力。
有一二三的步骤：逐个
制作旋梯、窗户、屋顶。
寄希望于重复拼图或在蛋壳上雕刻。

70. 新装置

说明书和原理图不相符由此拼出一个
自动行走装置常常奔跑不听喝止系列
动作被分解向动物宣战人也未能幸免。

71. 欢快的

门上本来有一把锁：春宫图。
有时打开发现一家酒店有时
打开看见一座动物园欢快的
羚羊欢快的鸵鸟欢快的枝条。

72. 被诗抓住

在动物园

鸵鸟朝我跑来。

这是一个出发点。

这是较轻微的诗。

73. 构思和捣

花了太多的时间
去构思一首诗。
雨中儿童用小树枝
去捣篱笆下的蚁巢。

74. 晨景图

岛上长满乌桕树。小游艇泊于湖中央。
雨中身心只留听觉。在整片湖缩至细孔的耳鸣中。

75. 流动沙丘

做到全身心聚于肢体末端。响尾蛇般
的耳鸣。束手裹足。站住不动。在流动沙丘
的中间地带接触其表面一层层干透变暖。

76. 致情侣（一）

树上多是枯叶。树干上有
阴干的蛇皮。树下有蘑菇。
冬日心思少。（有心思也不针对眼前这棵树。）

77. 致情侣（二）

窗前有一株单棵树不足以慰。
随时关注我们的空虚。（如果以
树荫的缓慢移动来量化它。）
去葱郁安宁的小树林中接受爱抚。

78. 两只狗

一只狗是布制的很小另一只是我冥想出来
的很大很大它们必须接受除自然和神灵之
外的第三种力量现在我开始逆着毛发抚摸。

79. 呼唤记

在没了猎物的城市中猎犬赶不上泰迪犬的
脉脉温情给它蒙上眼罩让它交替去嗅一根
骨头和她穿过的一只羊毛袜。

80. 即时记（一）

外面下了一点雨她正在熨衣服他把
摘下的花藏在帽子里对着她的耳朵吹口哨。

81. 即时记（二）

水磨石地面上刚刚下过雨她用力

踢踏着一双新球鞋声音十分亲切。

82. 寻觅记

这幢楼里房间好多。
足够你浮光掠影地去查看。
负一层里的回音十分亲切。

83. 论情怀

训练你的包容心游客心态老了之后
的追忆能力从北极到南极是不够的。
至少是彗星的循环。想想感到亲切。

84. 独处记

我依靠想象度日
以彗星来去纪年。

85. 预知力

由想象力而后获得预知力。（在那儿扎下根。）
年轻夫妇要了解组成时空的各种要素而后知冷暖。
出门行李箱带多少衣服明天穿多少衣服以及颜色。

86. 行动力

成为一种行动力直至自觉。
用病恹恹的语调来读抒情诗。
病后我试图再次飞跑。（请用正常语调来读。）

87. 慢调（一）

病后松鼠在爬树。
榉树杉树如迷宫。
是孩童时代的我。

88. 慢调（二）

用温水孵蛙卵
搅动出小气泡。
我在孩童时代
根本没有情商。

89. 慢调（三）

将起居室布置得朦胧。
情商高的女孩会装睡
给一个信号让你误会。

90. 慢调（四）

封窗户发出信号
不跟人鸟兽接触
不受其他事拖累。

91. 碎浪花

其他人埋在沙子里等海浪。只有一个
穿着短衣服的高个子贴着海浪走（手
和小腿露在外面）脚背上许多碎浪花。

92. 自问

一分钟里有几个一秒钟属于我？
（喇叭向外传送的震颤是一些小片段）。
埋在枯叶堆里——闻到苹果香气。

93. 处处香

将鼻子埋在婴儿身上：好香。
（眠虫在卷起来的树叶里。不宜公开的私生活。）
房子有几个小隔间：睡得香。

94. 房间里的某个角落

这个房间某个角落有安全感。

（只有这个角落有。其他角落没有。）
由此传达出一种理想。抱着她。

95. 踱步

抱着注满水的细腰花瓶。
我们来表达表达紫罗兰。

96. 郊游（一）

田野里油菜花开了。
虽说金黄令人心醉
但也算是转移视线。

97. 郊游（二）

春日里漫山遍野都是杜鹃花。
呼吸它们的芬芳在归途嘈杂
的大巴车上又似乎一无所获。

98. 仿歌谣

看树上花
不知所措。
还会反复。

99. 雨后车站

一个穿着雨衣的男人望着我。站在街对面。
身后是一株冬青树（时有树枝碰树枝的响声）。
雨早就停了夜深了。公交车站只有我一个人。

100. 在你我这儿

大自然的一些响声很奇妙洞穴风
草尖虫。你耳背只能去看水中映像表明你
陷入了偏执而我认为我从未间断倾听天体。

101. 清晨

天体旋转式的享受——常常是
丝缕状的——昏暗转为明亮的刹那。
悬铃木树叶落在身上的愉快。

102. 我们这个星球

这个星球的光会反射到哪里？（里面带着
外围振动起来时、献出全部时。）对人类
而言有一个自身也在旋转的轨道挺好。

103. 野营地（一）

孩子喜欢帐篷。待在里面。不时伸出头。

篝火熄灭了。累了的人们（反应
迟钝或无反应）围坐在一起打盹。

104. 野营地（二）

围坐着。集中心思。
重复又重复。（回忆的
外壳上的艳丽雕饰。）
几步之外山毛榉树身冰凉。

105. 下午记

整体而言这个下午仍是在停顿中的。
栗树叶阔大。她站在下方。树上还剩有几颗青栗子。

106. 论降落

降落下来的停顿是在
从机场到火车站的地铁上。换个说法：
如果痛苦并不强烈浪漫也就无从谈起。

107. 躲避

弯道的浪漫意味。来这个空间躲避。
你的转身。一次折返。以往和现在。

108. 苦于往返

这是什么样的苦恼？被赋了形。
群山蜿蜒的纵深度。有一个轨道。以致你用
远处来交换它却往返于幽深隧洞中。

109. 每天的群居生活

苦恼时我就借用人们做的梦：叠加或穿过。
从清晨开始的地方驱赶出很多知更鸟它们
带着属于人类的某些秉性比如群飞和群栖。

110. 欲望与生俱来

在清晨唤来飞鸟。
（在雪地上放置一个鸟笼子。）
无腿般盘旋。多少游魂不由自主。

111. 新生

二十四小时之外还有一个世界。
在那里再放置一小时。看着你出生——
不是对以往的演示而是再出生一次。

2019 年 11 月—2020 年 1 月

| 后记

《枝叶·繁花》既是两组短诗，亦可视为两首长诗。其中的章节皆独立成篇，又连缀为一体，尤其是"繁花"系列，数百个话语片段通过某个"关系词"串并、缠接在一起。

　　《枝叶》中的篇什皆是四行诗，前后部分分别完成于2005年和2013年，题赠给我的妻子、诗人吴橘；其笔法简约枯淡，以人与山水草木之间的相互映照来体现内在与外在两个世界的明澈纯净。《繁花》以两行诗、三行诗、四行诗的不同分片结构构制而成，分为五辑，完成于2020年；其笔法舒张又繁密，语义芜杂纷乱，呈示出万物即时性的因果链，多为写作时的随性一念。

　　这两种看似迥异的风格却是与我一直以来的写作观是契合的，即诗性的"混沌"。在我看来，"混沌"是诗的最高境界，而诗句的纷乱和极简都会带来这种"混沌"的结果。正如我在访谈录《诗和反诗：答张后问》中所言："混沌不是一种行文风格，它既可以是纷乱的、庞杂的，同时也可以是清晰的，甚至极简的；只是这种清晰与人的逻辑无关，它表现出的那种纯粹不是人刻意安排的结果，故此这种清晰也是混沌的。"从这个意义上来讲，"枝叶"与"繁花"这两个系列可看作是姊妹篇，这也是我将它们结集在一起的一个原因。

　　自写作之始，我的作品在诗歌界几乎是被人视为"先锋诗"的一个至为极端的例子存在的，人们为我贴上的标签有"反传统""拼凑""晦涩"等等。对此我不想过多地争辩，我想，《枝叶·繁花》这部书将是最平静温和的、最好的回答。而从自我首肯的立场上来说，"反传统"却又是不分题材的，亦即"先锋诗"并不会因自然语境与城市语境的不同纳用而被甄别区分；如此说来，《枝叶·繁花》

这部书有可能依然是"先锋"的。由之，它会不会带来"先锋诗"定义边界的模糊呢？我不知道，也无法预测。我只想再次重复我在写作《枝叶》时说过的一句话："我绝口不提传统，因为我就在传统中。"——上一次是在诗集《蜗牛》出版之时。

2021 年 12 月 4 日，55 岁生日，于安庆

余怒

1966年生，中国当代诗人，"60后诗人"的代表人物之一。
荣获过"中国十大杰出青年诗人""中国十大先锋诗人"
等称号。
作品被翻译成英、德、日、希腊等多国文字。
曾获第五届《红岩》文学奖·中国诗歌奖、2015年度《十月》
诗歌奖、第四届袁可嘉诗歌奖等。

代表作品

诗集
《守夜人》
《余怒短诗选》
《枝叶》
《主与客》
《蜗牛》

枝叶·繁花——余怒诗选 2005—2020

出 品 人｜郭文礼　　　选题策划｜刘文飞　　　责任编辑｜曹雨一

复　　审｜刘文飞　　　终　　审｜陈学清　　　书籍设计｜张永文

印装监制｜郭　勇　　　项目运营｜有度文化·刘文飞工作室

投稿邮箱｜liuwenfei0223@163.com

微　　博｜http://weibo.com/liuwenfei0223　　　微信公众号｜YOUDU_CULTURE